Chris Scheuing-Bartelmess wurde auf der schwäbischen Alb geboren. Sie verbrachte ihre Kindheit in Stuttgart. Als Studentin war sie Astareferentin gegen Rassismus an der Universität Stuttgart. Sie studierte Politikwissenschaften, BWL und VWL. Neben dem Studium arbeitete sie an der Universität, bei Stups, Dt. Asphalt, SWR, der Treuhandanstalt in Berlin und bekam ein Stipendium der Eugen Ebert-Stiftung. Heute lebt sie mit Mann und Tochter nicht weit von Stuttgart in einem fast 300 Jahre alten Schulhaus. Sie kandidierte als Bürgermeisterin und engagiert sich im Büro eines angesehenen Vereins in Stuttgart. Parme und der Illegale ist ihr erster Krimi, der zweite ist in Bearbeitung.

Die in diesem Roman beschriebenen Plätze und Straßen existieren wirklich in Stuttgart. Jedoch sind Handlung und Personen frei erfunden. Ähnlichkeiten mit realen Begebenheiten oder Personen sind rein zufällig.

Chris Scheuing-Bartelmess

Parme und der Illegale

Verlag

ISBN: 978-3-940259-23-3
© Schweikert-Bonn-Verlag Stuttgart 2012
1. Auflage 2012
Titelabbildung: Silja, Stuttgart
Satz und Typografie:
Schweikert-Bonn-Verlag
Nikolausstraße 2, 70190 Stuttgart
www.schweikert-bonn-verlag.de
Schrift: Adobe Garamond Pro
Druck und Bindung: SDL, Berlin

1

Die vier Männer trafen sich Montagmorgen. Die Luft war noch kühl und leicht feucht. Herr Max, leitender Bahnangestellter war verkatert. Er hatte ein trostloses Wochenende vor dem Fernseher verbracht.

Neben Herrn Max stand Herr Schmidt, Makler, ein zupackender, energischer Mann. Kam erst in der Nacht von einem Segelschifftörn zurück. Die zwanzigjährige junge Frau, die ihn begleitet hatte, ließ er in Ulm aussteigen. Von dem Wochenende hatte er sich mehr versprochen. Sie war für seinen Geschmack zu gehemmt.

Den Blick der Stadt zugewandt stand Herr Arndt, hoher Beamter bei der Stadt Stuttgart. Er war ein rundum zufriedener Mann. Herr Max kannte ihn vom gemeinsamen Tennisspielen im TCC Blau-Weiss am Kräherwald. Schöne Frau, zwei Kinder, drei Autos und sie lebten in einer Villa am Killesberg, die seine Frau mit in die Ehe brachte.

Herr Jolie, der vierte Mann in der Runde, verbrachte wie immer das Wochenende mit seiner Mutter. Er arbeitete im Garten, sie kochte. Diesmal gab es sein Lieblingsessen, Burgunderbraten mit Serviettenknödel und frischen Erbsen. Abends spielten sie Karten und unterhielten sich über seine Arbeit. Herr Jolie war Angestellter bei einem großen internationalen Maklerbüro in Frankfurt a.M. Er betreute multinationale Konzerne, die neue Standorte für ihre Niederlassungen suchten.

Die vier Männer wandten sich ab vom Stuttgarter Hauptbahnhof und gingen Richtung Norden. Ihr Interesse galt dem ehemaligen Bahngelände mit seinen Lagerhallen, Zollhäuschen und zweistöckigen Bürogebäuden. Mit dem Gelände verbanden sich viele Erwartungen. Die Deutsche Bahn brauchte einen möglichst hohen Verkaufsabschluss für das Gleisvorfeld des Kopfbahnhofs, das durch unterirdische Durchgangsgleise ersetzt werden sollte. Die Politik und Wirtschaft arbeiteten schon seit Jahren daran, das Interesse internationaler Firmen für diesen attraktiven Standort zu wecken.

Um alle Chancen zu nutzen, änderte die Stuttgarter Verwaltung den Bebauungsplan und genehmigte eine mehrstöckige Bebauung auch mit Hochhäusern. Die Gefährdung der Frischluftschneise für die Stuttgarter Innenstadt wurde kleingeredet. Da vorwiegend in Büros und Hinterzimmern verhandelt wurde und wenig über die Presse an die Öffentlichkeit kam, gab es aus der Bevölkerung kaum Kritik. Zwar gab es zwei Gutachten, die übereinstimmend von der Bebauung mit Hochhäuser, wegen gesundheitlicher Folgeschäden der Bevölkerung dringend abrieten, doch die Bürger waren ruhig und warteten ab. Seit Jahren wurde immer mal wieder über das Projekt geredet, doch niemand rechnete damit, dass es tatsächlich umgesetzt werden würde.

Viele Interessen standen hinter der Begehung der Industriebrache rund um den Stuttgarter Hauptbahnhof. In den nächsten Wochen sollte alles abgerissen werden. Aus diesem Grunde trafen sich die vier Männer. Sie bereiteten den Verkauf und die neue Bürostadt „Stuttgart 21" vor. In spätestens vier Monaten sollten die ersten Bauanträge beim zuständigen Amt zur Genehmigung vorliegen.

Ausgerüstet mit einem Grundriss, Luftbildern und den ersten Kaufgeboten von Investoren durchquerten die vier Männer die Industriebrache.

Kein Mensch war zu sehen. Einzelne Blumen blühten. Herr Jolie bemerkte schweifenden Blickes den blau-lila Rittersporn. Eine Katze streunte vorüber. Einzelne Fensterläden klappten leise im Wind. Herr Jolie genoss die Stille auf dem Gelände, dessen Bauten und Anlagen schon lange dem Zerfall preisgegeben waren.

Der Verkehrslärm verlor sich in der Weite und die Natur schien sich hier mittendrin einen Teil der Stadt zurückerobern zu wollen. Die Männer stiegen über umgefallene Mülleimer und bahnten sich ihren Weg über Erdhügel und Bauschutt.

Auf dem ehemaligen Zollgelände 11 fanden sie die Leiche. Genaugenommen entdeckte sie Herr Max. Mit Ekel bemerkte er streunende Hunde und eine Schar schwarzer Vögel. Es war ein warmer Morgen, der Nachrichtensender sagte 28 Grad Celsius für den Tag voraus. Bei dem Gekläffe eines Hundes und dem Gekreische der Vögel sträubten sich seine Nackenhaare. Herr Max drängte die Gruppe in Richtung der Tiere. Er wollte sie verscheuchen, sie störten die Stille auf dem Gelände.

Die Leiche lag mit dem Rücken auf der Erde. Ein Mann, bekleidet mit einem brauen Anzug, Hände und Füße waren verstümmelt. Herr Schmidt näherte sich zögernd, um dem Toten die Augenlider zu schließen. In diesem Augenblick sah er, die leeren Augenhöhlen. Er wandte sich ab und musste sich übergeben.

Herr Max ergriff die Initiative und alarmierte die Polizei.

2

Die Nachricht erreichte Kommissarin Panne um 11:02 Uhr. Sie saß gerade bei geöffnetem Fenster an ihrem Schreibtisch im Kommissariat Nordbahnhof. Im Hintergrund hörte sie das Quietschen der alten Linie 15. Nur ab und zu drang das Motorenbrummen fahrender Lieferautos an ihr Ohr. Das ganze Viertel wurde vor Jahren verkehrsberuhigt. Ein Wohngebiet mit alten fünfstöckigen Ziegelbauten aus der Zeit der blühenden Industrialisierung Stuttgarts. Früher ein deutsches Arbeiterviertel, wohnten heute meist ausländische Familien in den noch nicht modernisierten Wohnungen. Einige Häuser hatten das Klo im Zwischenstockwerk, wo es von vier Wohnungen gemeinsam benutzt wurde.

Auf dem Schreibtisch vor Parme türmten sich Akten. Sie arbeitete seit einer Woche alte Fälle auf und schrieb die Abschlussprotokolle. Eine langweilige und einschläfernde Arbeit.

Parme war mit Leidenschaft Kommissarin. Sie liebte es, sich in andere Menschen hineinzuversetzen und so die Beweggründe, die zu einem Verbrechen geführt haben könnten, zu ergründen. Spurensicherung und Recherchen führten dann ihre Arbeit meist zu einem erfolgreichen Abschluss. Parme konnte manchmal tagelang in der Umgebung des Tatorts herumlaufen, die Läden und Gaststätten inspizieren und die Menschen beobachten. Niemand käme auf die Idee, dass ihre ziellose Neugier einen bestimmten Zweck verfolgte.

Durch Suchen und Beobachten entwickelte sich dann langsam ein Verständnis für die Menschen und die Zusammenhänge eines Falles. Beobachtungen, Befragungen und Beschattungen ließen Parme die Umwelt vergessen. War sie mitten in der Aufklärung, gab es keine Arbeitszeiten mehr und oft auch zu wenig Schlaf. Die ganze Abteilung musste dann bedingungslos mitziehen.

Ihren jüngeren Kollegen war diese Hartnäckigkeit unheimlich. Sie fürchteten und bewunderten Parme.

Nur der Abschlussbericht, war Parme zuwider. Alles war geklärt. Der Täter geständig, die Hintergründe aufgezeigt, alles ging wieder seinen gewohnten Weg. Für Parme war die Faszination vorbei, es interessierte sie nicht mehr. Der Abschlussbericht war für die Staatsanwaltschaft.

Es klopfte kurz an der Tür, fast im selben Moment trat Horst herein.

„Guten Morgen Parme."

„Hallo Horst. Was gibt's?"

„Gerade kam ein Anruf herein. Eine Leiche, männlich, circa sechzig Jahre alt. Liegt auf dem Gelände nördlich des Hauptbahnhofes. Die Streifenpolizei ist schon unterwegs um das Gebiet abzusperren."

„Hm, gut dann lass uns mal losgehen."

Parme war nicht unglücklich darüber, ihren Schreibtisch verlassen zu können. Mit einem gewissen Stolz warf sie einen Blick zurück auf die abgearbeiteten Akten. Der Rest musste warten.

Auf dem Weg nach unten trafen Kommissarin Parme und Inspektor Horst Walwik die Kollegen des Rauschgiftdezernats. Sie führten in ihrer Mitte eine junge magere Frau, die den Kopf kraftlos nach unten hängen ließ. Solche Anblicke verletzten Parme. „Wieso bremste sich ein Mensch selbst aus? Was muss die Frau erlebt haben, um sich so gehen zu lassen?" dachte Parme.

Aus dem Treppenhaus gingen die beiden Beamten in Richtung der Einsatzwagen. Horst hielt den Schlüssel für Wagen Nummer vier in der Hand. Die beiden bestiegen einen silbernen unauffälligen Mittelklassewagen und fuhren vom Hof. Horst steuerte das Auto ruhig am neuen Kinopalast vorbei und blinkte nach links. Unten vor dem Stuttgart 21-Gelände angekommen, stoppte er in Höhe einer geschlossenen Kneipe. Sie lag unter einem Brückenbogen und war früher ständiger Einsatzort der Polizei. Mindestens wöchentlich gab es einen Einsatz wegen einer Schlägerei oder Messerstecherei. Außer einer markanten Wandbemalung und der verrammelten Tür erinnerte nichts mehr daran.

Parme sprach über Funk mit den Streifenpolizisten vor Ort.

„Wo seid ihr genau, habt ihr alles abgesichert? Gut, danke, bis gleich."

Am Tatort angekommen, grüßten Parme und Horst die Streifenpolizisten. Das Gelände war ordnungsgemäß abgesperrt, die ersten Schaulustigen in gebührendem Abstand gehalten.

„Gute Arbeit. Ist am Tatort etwas verändert worden?"

„Nein, alles so wie von uns vorgefunden."

„Ist die Spurensicherung auf dem Weg hierher?

„Sie wollten in zehn Minuten da sein."

„Habt ihr die Personalien der Anwesenden aufgenommen?"

„Ja, es sind vier Männer, Geschäftsleute, die beruflich auf dem Gelände zu tun hatten. Hinter dem Gebäude dort warten sie. Sie wollen so schnell wie möglich weg hier."

„Gut, danke. Die Zeugen müssen sich noch ein wenig gedulden."

Parme musste sich zuerst ein eigenes Bild des Tatortes machen, bevor sie den Wahrnehmungen anderer zuhörte. Sie ging auf die Leiche zu und griff in die linke Innentasche der sie bekleidenden Jacke. Ein paar Handgriffe und es war klar, die Leiche hatte weder Brieftasche noch Papiere bei sich. Das hätte die Identifizierung ungemein erleichtert.

Parme ging ein paar Schritte zurück und sah auf die Leiche herunter. Es war ein älterer Mann mit leicht bräunlicher Hautfarbe. Mehrere Narben traten auf der rechten Wangenhälfte hervor. Gewelltes schwarzes Haar mit Silberstreifen umrahmten das Gesicht. Ein interessantes Gesicht. Die Hände waren verstümmelt. Die Fingerkuppen angefressen. Es würde schwierig werden, die Identität des Mannes festzustellen.

Er war mit einem Anzug von guter Qualität bekleidet. Allerdings ein altmodischer Schnitt und zu warm für die Jahreszeit. Ein schwarzer Schuh lag wenige Zentimeter von der Leiche entfernt.

Drei Meter weiter war frisch Erbrochenes zu sehen. Parme warf einen Blick auf die Beamten.

„Ja, einer der Geschäftsmänner musste sich übergeben."

Parme ließ den Blick in die Umgebung schweifen. Industriebrache ringsum. Zu beiden Seiten eingeschlossen von einer sechsspurigen Bundesstraße und den Bahngleisen. Stuttgart hat einen Kopfbahnhof und alle Züge fuhren hier rein und wieder raus. Hinter der Bundesstraße lag ein städtisches Krankenhaus. Dahinter kletterten Häuser den Hang hinauf zum Killesberg, eines der besseren Wohngebiete von Stuttgart. Viele stattliche Einfamilienhäuser mit prächtigen Gärten und kleinen verkehrsberuhigten Straßen.

Nach Süden war das Gelände vom Gleisvorfeld begrenzt. Die leiernde Stimme mit den Fahrplanhinweisen war bei günstiger Windrichtung bis hierher zu hören. Zum Norden hin endete das Gelände an der vielbefahrenen Wolframstraße mit seinen unattraktiven Gebäudekomplexen.

„Woher kam der Mann? Was wollte er hier? Wohin war er unterwegs?", fragte sich Parme halblaut.

Horst nickte, er musste ähnliches gedacht haben.

Parme drehte sich um und sah die beiden Autos der Spurensicherung herannahen. Nach einer kurzen Begrüßung ging Parme zu den vier wartenden Geschäftsmännern. Die Spurensicherung und die Gerichtsmedizin wussten selbst was zu tun war. Früher bestimmte der leitende Kommissar die Details der Spurensuche. Er bestimmte wie gründlich gesucht wurde. Heute war die technische Polizeiarbeit systematisiert. Die Untersuchungen wurden ausführlich, aufwendig und mit viel technischem Gerät durchgeführt. Jede Abteilung arbeitete als eigenständiges Modul und erst nach erfolgter Untersuchung des Fundortes und der Leiche wurden die Ergebnisse zusammengefasst und mit dem leitenden Kommissar besprochen.

Bei den vier Zeugen angekommen, erkannte Parme Herrn Arndt. Sie kannte ihn von hohen Feierlichkeiten der Stadt mit internationalen Gästen. Schon mehrmals wurde Parme als eine Art Personenschutz in Zivil zu solchen Feierlichkeiten eingeladen. Sie ging recht gerne dorthin. Es gab immer ein gutes Buffet, klassische Musik und für sie war es keine Arbeit.

„Guten Tag die Herren. Mein Name ist Parme. Ich bin die leitende Kommissarin. Wer von Ihnen hat die Leiche entdeckt?"

„Ich, mein Name ist Max, wohnhaft in Stuttgart, ihre Beamten haben die genauen Personalien. Ich habe auch die Polizei verständigt."

„Wann?"

„Gleich nach dem Auffinden, um 10:53 Uhr."

„Wir vier trafen uns um 8:00 Uhr zum Ortstermin. Seither sind wir zu Fuß auf dem Gelände unterwegs. Kein Mensch ist uns in dieser Zeit begegnet", übernahm Herr Arndt das Gespräch.

„Kein Mensch, bis auf einen Hund und Vögel. Deshalb sind wir überhaupt an diese Stelle gekommen. Wir wollten wissen warum die Tiere solch ein Spektakel machten. Dann fanden wir die Leiche. Weiter können wir zur Aufklärung nichts beitragen. Unsere Personalien haben Sie. Wenn nichts Weiteres vorliegt, würden wir gerne den Ort hier verlassen."

Parme nickte und ließ sich zur Sicherheit die Visitenkarten der Männer geben.

„Hier haben Sie meine Karte. Sollte Ihnen noch etwas einfallen, rufen Sie mich bitte jederzeit an. Auf Wiedersehen und danke für Ihre Mitarbeit."

Nachdem die Geschäftsmänner gegangen waren, ging Parme zurück zum Tatort. Sie stellte sich neben Horst.

„Die letzten zwei Tage wurden im Bezirk keine besonderen Vorkommnisse gemeldet. Die Spurensicherung hat noch keine Papiere des Mannes gefunden. Ein Schlüsselbund liegt in der Kiste und wird später im Labor untersucht. Der Polizeifotograf bringt in einer Stunde die Fotos der Leiche. Die Spurensicherung meint sie braucht den ganzen Nachmittag. Das Gelände ist zu unübersichtlich. Der viele Schutt vermischt mit Erde und Müll macht die Arbeit nicht gerade leichter. Die Leiche wird abtransportiert und in die Gerichtsmedizin gebracht. Der Gerichtsmediziner meint als ersten Anhaltspunkt: Tötungszeit vorgestern Nacht, aufziehende Dunkelheit. Die Leiche habe mindestens einen Tag in der Sonne gelegen. Mit genaueren Angaben ist morgen früh zur Konferenz zu rechnen. Weiter gibt es für uns hier nichts zu tun."

„O.k., verabschieden wir uns hier und warten auf die Ergebnisse. Tschüss Leute!"

Parme und Horst fuhren schweigend zurück. Auf dem Weg in ihre Büros murmelte Parme: „Kannst du nach dem Mittagessen Kontakt zur Ausländerbehörde aufnehmen? Bis dahin müsste das Foto fertig sein. Wir müssen die Identität des Mannes feststellen."

Dann zog Parme ihre Bürotür hinter sich zu.

3

Parme stand am Fenster und schaute auf die Straße hinab.

„Keine Ausweispapiere und die Finger von Tieren zerrissen", dachte sie, „aber der Mann hatte ein markantes Gesicht. Wenn er aus Stuttgart war, müsste er zu identifizieren sein."

Gedankenverloren ging Parme zum Mittagessen in die behördeneigene Kantine.

Nachmittags waren die Bilder fertig. Der Fotograf hatte gute Arbeit geleistet. Eine Nahaufnahme vom Kopf war zur Suche in der Öffentlichkeit geeignet. Etwas retuschiert, um den Eindruck des Todes zu verschleiern. Für ungeübte Augen wirkte es wie das Foto eines Mannes mit einem etwas müdem Blick. Das Foto wurde an alle Tageszeitungen der Region und Polizeidienststellen im ganzen Bundesgebiet verteilt. Auch die Stuttgarter Ausländerbehörde bekam ein Bild. Am nächsten Tag wüssten sie mehr.

Horst kam von der Gerichtsmedizin zurück.

„Der Abdruck vom linken Zeigefinger ist verwertbar. Er läuft schon über den Polizeicomputer. Mal sehen was das neue Computersystem so bringt. Das Alter des Toten wird mit Anfang 60 angegeben. Auf das Jahr genau will sich der Gerichtsmediziner noch nicht festlegen. Es gibt Zeichen an der Haut und an der Leber, dass der Mann früher schwierigere Zeiten durchgemacht hatte. Laut Mageninhalt bestand seine letzte Mahlzeit aus Reis mit Gemüse, am Montagabend gegen 18 Uhr eingenommen. Eine Spur von Safran fand sich dabei. Der Tod ist vier Stunden später, gegen 22:00 Uhr, durch einen Schlag mit einem stumpfen Gegenstand auf den Hinterkopf eingetreten. Ob der Tote von hinten erschlagen wurde, oder vielleicht vor seinem Opfer kniete, kann erst die Rekonstruktion des Falles und die Untersuchung der Wunde zeigen. Der Mann war sofort tot. Die Art der Verletzung und die Schmutzpartikel in der Wunde deuten auf einen Stein hin. Die Spurensicherung ist informiert und sucht danach. Die körperliche Verfassung des Toten entspricht seinem Alter. Er war Raucher und kiffte wohl hin und wieder. In seinem Blut fanden sich Spuren von THC.

Keine auffälligen Krankheiten. Der Gerichtsmediziner meinte der Tote sei orientalischer Abstammung. Auffallend sind die Narben im Gesicht. Sie kommen durch äußere Einwirkung und sind dem Toten vor über 30 Jahren zugefügt worden. Die Spuren deuten auf Misshandlung hin.

Unser Gerichtsmediziner arbeitete früher als ärztlicher Berater in Berlin in einem Zentrum für Folteropfer. Da hatte er viele solcher Verletzungen gesehen. Er wollte sich nicht hundertprozentig festlegen, rät uns aber, alte Asylakten aus den Siebzigern mit in die Untersuchung einzubeziehen. Mit dem neuen Polizeicomputer kein Problem. In ihm sind alle bis heute verfügbaren Daten eingegeben. Durch eine Auswahl verschiedener Kriterien können wir alle Personen raus filtern, auf die die Angaben zutreffen. Je genauer die Kriterien sind umso kleiner wird die Liste der Namen. Ich spreche mit der Mayerschen darüber. Die kam letzte Woche von einer dreiwöchigen Fortbildung zurück."

Horst lächelte Parme an.

„O.k., vertrauen wir der Technik und schauen was die Veröffentlichung in der Presse ergibt. Das heißt erst einmal abwarten. Ich mach mit meinen schriftlichen Abschlussberichten weiter. Morgen Vormittag sehen wir weiter."

Parme nickte Horst freundlich zu. Bevor sie sich den Akten auf ihrem Schreibtisch widmete, machte sie sich noch ein paar Gedanken. Es verblüffte sie immer wieder aufs neue, dass während der Zeit der verwaltungstechnischen Arbeit mit Formularen, Anträgen, Ausweisen, Kontrollen und Datensammeln, die in der Öffentlichkeit wahrgenommene typische Polizeiarbeit ruhte. Sie als leitende Kommissarin wartete auf die Ergebnisse der Computerspezialisten. Erst wenn diese Ergebnisse brachten, fing ihre Arbeit an. Allerdings trotz allem oft bei Null.

„Die Software ist nur so gut wie Frau sie füttert", grinste Parme in Erinnerung an einen Comic von Jutta Bauer. Dabei ging es um Frauen, die trotz Hausarbeit und Kinder ihren Kopf zu füllen nicht vergessen sollten.

Das war eine von Parmes Stärken. Sie scheute sich nicht, Dinge miteinander zu verknüpfen, die auf den ersten Blick wenig miteinander zu tun hatten. Diese Eigenart führte sie manchmal kurz in die Irre. Meistens half ihr das Querdenken aber bei der Lösung eines Falles. Zumindest erweiterte es den Blickwinkel.

„Die Leiche, wer war sie", murmelte Parme vor sich hin.

Sie verspürte eine gewisse Aufregung. Wer war der Mensch, was hatte er für eine Vergangenheit, welche Wege ist er gegangen, was war geschehen, dass sein trauriges Schicksal ihn hier an ihren Schreibtisch brachte. Dieser Mord versprach eine Menge zu lösende Fragen.

Der Tatort, die „Stuttgart 21"-Brache war für sich genommen schon ungewöhnlich. Normalerweise hatte die Polizei nur in Verbindung mit harten Drogen auf dem Gelände zu tun. Durch seine zentrale aber doch einsame Lage provozierte es gerade die Szene zur Nutzung ihrer dunklen Geschäfte. Drogen waren bei diesem Fall laut Gerichtsmediziner eher ein nebensächliches Thema. Es fanden sich Spuren von THC im Blut des Toten. Eine geringe Menge, gut, aber auch die musste eingekauft werden. Wollte der Tote Marihuana kaufen? Hier auf dem Gelände. Das erschien Parme unwahrscheinlich. Nach ihrem Wissen waren die Drogen, mit denen auf dieser Industriebrache gehandelt wurden, wesentlich härter.

„Ich muss das überprüfen", dachte Parme

Parme verglich sich selbst anderen gegenüber gern mit einer sich aus dem Fenster hinauslehnenden Frau, die neugierig die Nachbarschaft beobachtet. Diese Neugierde am Leben anderer, das Hinterher-Schnüffeln an Andersartigkeiten empfand sie, über sich selbst lächelnd, damit vergleichbar. Der Unterschied lag zwischen Leben der Nachbarschaft und Tod eines Menschen, zwischen Langeweile und Beruf.

Auch der Tote selbst interessierte Parme. Auf den ersten Blick sah sie, dass er ungewöhnlich gewesen sein musste. Das Gesicht zeigte die Spuren vieler Erlebnisse. Der Mann war Parme irgendwie sympathisch. Sie widmete sich für den Rest des Nachmittags den Akten auf ihrem Schreibtisch.

Als es dunkel wurde verließ Parme ihr Büro. Der Schreibtisch war fast leer. Zuhause angekommen begrüßte sie ihren Mann, der kurz vor ihr die gemeinsame Wohnung betreten hatte. Ihr Mann war Gebrauchtwagenhändler. Gemeinsam kochten sie das am Vortag vorbereitete Lamm im Senfmantel mit Rosmarin. Es war ein Rezept von den holländischen Inseln, auf denen sie im Vorjahr den Sommerurlaub verbracht hatten. Der Abend verlief entspannt in gemeinsamen Urlaubserinnerungen. Um elf gingen sie ins Bett.

4

Als Parme am nächsten Morgen kurz vor 9 Uhr das Polizeigebäude in der Nordbahnhofstraße betrat, begrüßte sie gut gelaunt, die vor der Treppe stehenden Kollegen der Ausländerpolizei.

„Morgen Jungs, hallo Beate. Nach der Konferenz will ich bei euch vorbeikommen. Ist jemand im Büro von euch und kann sich eine Stunde für mich Zeit nehmen?"

Manfred Klops, ein älterer Polizeikollege, nickte. Parme hatte schon früher mit ihm zusammengearbeitet. Er war ein gewissenhaft und gründlich arbeitender Polizist. Zudem, und das schien ihr im vorliegenden Fall von Vorteil, war er schon lange bei der Truppe und hatte ein gutes Gedächtnis was Menschen und Geschichten betraf.

Parme betrat das Konferenzzimmer. Einmal die Woche trafen sich die leitenden Kommissare aller Abteilungen und berichteten über ihre Fälle. Durch das Zusammentragen der Informationen ergaben sich häufig neue Aspekte in einzelnen Fällen. Es war nicht das erste Mal, dass das Dezernat Raub und das Dezernat Sitte auf unterschiedlichen Wegen über ein und dieselben Personen sprachen.

Nach der Konferenz betrat Parme das Büro von Horst.

„Einen schönen guten Morgen, gibt es schon Reaktionen auf unser Suchbild?"

„Morgen Parme, nichts wirklich verwertbares. Ein Anruf aus dem Hallschlag bringt vielleicht was. Der Anrufer war allerdings betrunken. Er meinte, er hätte den Toten immer im Hallschlag gesehen. Die Beschreibung der Größe und des Alters trifft zu. Befragen lässt sich der Anrufer frühestens heute Nachmittag, falls er mal eine Pause einlegt und ein kleines Schläfchen macht. Das

Lallen am Telefon war schwer zu verstehen.

Der Computer sucht noch. Die Mayer ist klasse. Hat sich die halbe Nacht um die Ohren geschlagen, um den Computer mit Daten zu füttern. Es ist ihr erster großer Einsatz mit dem neuen System. Aber der Fingerabdruck macht Schwierigkeiten. Er ist nicht gut genug. Der Computer hat einen Mann angegeben, dessen Fingerabdruck mit 62prozentiger Wahrscheinlichkeit übereinstimmt. Ein Iraner, der vor 33 Jahren politisches Asyl beantragte. Die Mayer vergleicht noch mehr Eingaben, ob das unser Mann ist. Schade, dass die Leiche in diesem Zustand war. Das System könnte die biometrischen Daten der Augen mit den Daten aller neuen Personalausweise abgleichen."

„Gut, dann lass uns zur Ausländerpolizei gehen. Klops ist da. Mal sehen, was er über den Fall denkt", sagte Parme.

Der Weg zur Ausländerpolizei führte durch einen langen Gang über das Treppenhaus in ein Nebengebäude älterer Bauart. Auf dem Flur standen vereinzelt Stühle. Ein übervoller Aschenbecher in der Ecke war Zeichen längerer Wartezeiten in dieser Abteilung. Parme und Horst klopften kurz an und traten ein.

Manfred Klops erhob sich aus seinem Stuhl und führte sie zum Besprechungstisch. Die Kaffeemaschine blubberte verheißungsvoll.

„Hallo ihr Zwei. Was liegt an?"

„Wir haben einen Toten, vermutlich Ausländer."

„Bestimmt geht es um den unbekannten Toten aus der Morgenzeitung. Beim Frühstück habe ich schon überlegt, ob ich das Gesicht kenne. Fehlanzeige, ich habe mit ihm nie zu tun gehabt."

Parme schilderte in groben Zügen ihren ersten Eindruck vom Toten. Betonte auch die Vermutung des Gerichtsmediziners.

„Tja, die 70er waren eine aufregende Zeit. Hier stabile bürgerliche Demokratie, ein paar hysterische Studenten, doch drum herum die halbe Welt in Aufruhr. Befreiungskämpfe, Militärdiktaturen, Religionskonflikte. Aber es tut mir leid, ich krieg euren Kandidaten nicht unter. Vielleicht hat er woanders einen Asylantrag gestellt?", meinte Klops.

„Erzähl doch mal von der Zeit. Was waren das für Leute, die politisches Asyl beantragten? Wieso haben die es damals bekommen während heute mehr diskutiert als geholfen wird? Was war damals so anders?", fragte Parme.

Klops lächelte.

„Auf eine politische Diskussion lasse ich mich nicht ein. Aber ich kann euch gerne von früher erzählen. Ihr könnt euch dann selbst ein Bild machen."

„O.k.", sagte Horst.

Damals gab es in Süd- und Mittelamerika hauptsächlich Militärdiktaturen, im Vorderen Orient, im Iran, war die Situation instabil. Kurz darauf wurde der Schah gestürzt und ein Religionsregime hat die Macht übernommen. Der Konflikt zwischen Israel und Palästina gärte. In Afrika lehnten sich Länder gegen die Kolonialherren auf. Man hatte den Eindruck es brodelte auf dem gesamten Erdball. Und hier kamen Menschen mit zerschundenen Körpern, gebrochenen Biographien an. Männer und Frauen, die gerade dem Tod entronnen sind. Es waren so viele mit furchtbaren Schicksalen, dem konnte man sich nicht entziehen. Unser Grundgesetz war durch die schrecklichen Erfahrungen des Nationalsozialismus geformt und so fanden alle, die von ihrem Heimatstaat verfolgt worden sind, bei uns Zuflucht", referierte Klops.

„Was war mit dem Iran?", fragte Prame.

„Tja, der Iran! Als der Schah noch regierte, sorgte er neben Bildung und Angleichung an die westliche Welt auch kräftig für die Stabilisierung seiner Macht und seines Reichtums. Es gab massive Proteste in der Studentenbewegung. Das SAVAK, der Geheimdienst des Iran, zerschlug die Proteste schnell und hart. Die Studenten wurden verhaftet und gefoltert. Einige schafften es, zu uns zu fliehen und beantragten Asyl. Und sie bekamen es."

„Was waren das für Studenten?", fragte Parme.

„Die kamen meist durchweg aus guter Familie. Die Eltern selbst Akademiker oder Handelstreibende, ein paar aus liberalem Elternhaus. Die meisten, ganz normal, aus einer Art bürgerlichen Mittelschicht bis Oberschicht.

Bei uns haben Studenten Kaufhäuser angezündet und sie wurden behandelt wie rohe Eier, aber wer im Iran auch nur auf die Straße ging, um für Grundrechte zu demonstrieren, wurde gefoltert und ermordet."

„Könnte das auf unseren Toten zutreffen?", fragte Parme.

„Dazu weiß ich noch zu wenig. Bring mir mehr Informationen und ich kann dir mehr sagen", entgegnete Klops.

Parme und Horst verließen das Zimmer, nicht ohne sich verabschiedet zu haben. Das Gespräch hatte sie zwar nicht besonders vorangebracht, aber sie konnten ja wiederkommen, falls sie auf anderem Wege nicht weiterkommen würden. Auf dem Weg nach unten steuerten sie das Mayersche Büro an.

Frau Mayer strahlte über das ganze Gesicht. „Ich habe ihn gefunden. Sein Name ist Azargoschasb*. Geboren am 7. November 1945 in Teheran. Politisches Asyl seit 1970, beantragt in München. Azargoschasb studierte in Teheran Medizin. In München machte er die Ausbildung zum medizinisch-technischen Assistenten. Seit 1976 war er dauerhaft in Stuttgart gemeldet. Komisch ist allerdings, dass Azargoschasb seit drei Jahren abgemeldet und nirgends mehr angemeldet wurde. Er ist ein Untergetauchter. Ein Wohnsitzloser, aber ohne erkennbaren Grund. Es liegt nichts gegen ihn vor. Er ist illegal und legal zugleich. Der Computer kann mir da nicht weiterhelfen. Verheiratet war er mit einer Deutschen. Aus der Ehe gingen zwei Kinder hervor, jetzt 16 und 20 Jahre alt. Seine letzte bekannte Adresse ist in der Werastraße im Stuttgarter Osten.

Die Familie ist dort noch gemeldet."

Auf dem Weg in ihre Büros konnte es sich Horst nicht verkneifen, Parme von der Seite neckisch anzusehen. Waren die Ergebnisse des Computers doch ein kleiner Triumph über Parmes Skepsis gegenüber der Technik. Parme übersah das Grinsen von Horst wohlwollend grummelnd.

„Komm heute gehen wir zum Italiener essen. Ich lade dich ein und danach kannst du dir seine Akte kommen lassen. Wenn du die durch hast, besuchen wir die Familie von Azargoschasb", sagte Parme.

5

Parme saß am Frühstückstisch. Ihr Mann trank ihr gegenüber seinen ersten Schluck Kaffee. Auf dem Tisch lagen frische Brötchen und drei verschiedene Tageszeitungen.

„Na, hast du wieder einen neuen Fall?", fragte ihr Mann schmunzelnd.

„Ja".

Außer sonntags und im Urlaub kam es selten vor, dass Parme um neun Uhr morgens mit Frühstück begann. Vielleicht mal wenn sie eine oder zwei ihrer viel zu vielen Überstunden abfeierte, die sie sonst meist verfallen ließ. Regelmäßig aber wenn ein neuer Fall vor ihr lag. Parme hatte vor Jahren gelernt, dass jede Lösung eines Mordfalls seine Eigendynamik entwickelte und sie hatte es akzeptiert, dass eine Mordaufklärung in der Hochphase wenig Schlaf zuließ. Aus diesem Grunde gönnte sie sich, wann immer es sich einrichten ließ, zu Beginn einer Untersuchung ab und an kleinere Pausen.

„Ist es der Iraner aus der Zeitung?"

„Ja, sein Name ist Azargoschasb."

„Azargoschasb, ein alter Name aus Zarathustra. Ich vermute der Name ist kein Zufall und er ist Sprössling einer gebildeten Familie im Iran. Bildung bedeutet dort fast immer Geld. Früher hatte ich öfters mit iranischen Geschäftsleuten zu tun, die sich für fast neue Daimler und Porsche interessiert haben. Die hatten oft geschäftlich in Frankfurt zu tun und kamen dann extra zu mir nach Stuttgart. Dachten wohl die Wagen wären hier günstiger."

„Und, konntest du ihnen neue gebrauchte Autos besorgen?"

„Ja", grinste ihr Mann.

„Und wenn ich mal selber keinen hatte, der ihnen gefallen hat, dann hab ich auch schon mal in Frankfurt beim Prudinzki angerufen und der hat mir einen runtergefahren. Die iranischen Geschäftskontakte habe ich zum Teil noch heute. Es kommt immer noch vor, dass einer mit meiner Visitenkarte kommt, die er im Iran als Empfehlung bekommen hat."

„Was sind das für Leute?"

„Reich und wie gesagt gebildet. Sprechen Englisch, einige sogar recht gut Deutsch. Ihre Umgangsformen sind immer tadellos, sehr höflich und mit der Bezahlung gab es noch nie Schwierigkeiten. Die Überführungspapiere für die Autos mache ich soweit fertig, und wenn es mal Probleme gibt, konnten die Iraner das immer schnell telefonisch und unbürokratisch lösen. Vom Alter meist so um die fünfzig, gepflegte Erscheinungen."

„Du meinst, denen sieht man an, dass sie ihre weißen Hemden nicht selbst waschen", grinste Parme

„Genau."

„Azargoschasb ist auch in dem Alter, Ende fünfzig. Als ich ihn gesehen habe, lag er auf dem Rücken mit ausgepickten Augen. Sein Anzug war aus einer anderen Zeit. Gutes Material, aber alt und der Schnitt unmodern. Gepflegt ist das falsche Wort, er wirkte sympathisch auf mich. Selbst im Tode ging eine gewisse Würde von ihm aus. Ich habe schon so viele Leichen gesehen, ich weiß nicht, er sah anders aus als die meisten. Er wirkte überrascht und ruhig zugleich, gebrochen und doch mit Willen. Ich hatte den Eindruck er lächelte. Das wird ein interessanter Fall. Das hört sich zwar Angesichts des Todes nekrophil an, aber ich freue mich Azargoschasb kennenzulernen."

Um elf Uhr war Parme im Kommissariat. Sie betrat ohne anzuklopfen das Büro von Horst.

„Na, wie läuft es bei dir? Was gibt es Neues?", fragte Parme gutgelaunt.

„Och 'ne Menge, die Akte unserer Leiche liest sich wie ein spannendes Drehbuch. Den Film würde ich mir im Fernsehen ansehen. Azargoschasb hat, wie wir schon wissen im Iran Medizin studiert. Während der Studentenunruhen gegen den Schah hat er auf der Straße demonstriert. Dabei wurde er festgenommen und drei Monate an einem unbekannten Ort festgehalten. Die waren mit Regimegegnern nicht zimperlich. Seine Narben im Gesicht wurden ihm bei Verhören durch Schläge zugefügt, die Nase gebrochen und nicht medizinisch verarztet, wie man sah. Die Zelle war kalt und künstlich bewässert. Er hat bestimmt unter Rheuma gelitten.

Sein Vater konnte trotz einflussreicher Position in den drei Monaten nichts für ihn tun. Immerhin hat er ihn lebend aus der Folterhölle rausgebracht und ist mit ihm danach sofort nach Europa gereist. In Deutschland hat er für seinen Sohn politisches Asyl beantragt, im Gepäck jede Menge Unterlagen, die die drei Monate politische Haft belegten. Der Asylantrag wurde bewilligt. Unbefristete Aufenthaltsberechtigung in Deutschland mit Arbeitserlaubnis. Der Vater brachte seinen Sohn in einer Familienpension in München unter, deren Besitzer sich anfangs um Azargoschasb gekümmert haben. Die Miete und ein Obolus waren für ein Jahr im Voraus bezahlt. Azargoschasb ging es die erste Zeit wohl ziemlich schlecht. Mehrere medizinische Kostenabrechnungen hier belegen, dass er die Zeit genutzt hat, auch mit Hilfe eines Psychologen wieder auf die Beine zu kommen. Danach machte er eine Ausbildung als Medizinisch-technischer Assistent und arbeitete im städtischen Münchner Krankenhaus. Sein Medizinstudium nahm er nicht mehr auf, die iranischen Studienergebnisse wurden hier nicht anerkannt.

Im Krankenhaus lernte er dann seine zukünftige Frau kennen. Ein junges Mädel vom Lande. Die hatte außer dem Hof ihrer Eltern noch nicht viel gesehen und machte eine Ausbildung zur Krankenschwester in München. Aus der Ehe gingen drei Töchter hervor. Eine verstarb kurz nach der Geburt. Die Ehe selbst hielt immerhin zwanzig Jahre und wurde vor sechs Jahren geschieden. Die Familie zog 1977 nach Stuttgart und eröffnete einen der ersten privaten Altenpflegedienste. Politisch fiel Azargoschab in Deutschland nicht auf. Die Familie lebt hier, ich habe vorhin mit der geschiedenen Ehefrau telefoniert. Sie hat ihren Mädchennamen wieder angenommen und nennt sich Brackmaier. Am Telefon klang sie nicht gerade begeistert. Sie liest offensichtlich keine Zeitung und weiß noch nichts vom Tod Azargoschasbs. Ich habe ihr gesagt, wir hätten ein paar Fragen. Um ein Uhr können wir bei ihr zuhause vorbeikommen."

„Prima, dann lass uns vorher noch die Gerichtsmedizin anrufen und nachfragen, ob es neue Erkenntnisse gibt. Danach fahren wir hin."

„O.k.", sagte Horst.

Der Gerichtsmediziner hatte den Tathergang rekonstruiert. Azargoschasb wurde von hinten mit einem stumpfen Gegenstand erschlagen. Er und der Täter standen. Das heißt, Azargoschasb sah seinen Mörder nicht. Er hatte ihn vermutlich nicht kommen hören. Das könnte zumindest den überraschten Gesichtsausdruck auf seinem Gesicht erklären, den Parme wahrgenommen hatte. Die Tatwaffe war nicht gefunden worden. Tatzeit war wie schon bekannt Montagabend circa 22 Uhr.

„Sonderbar, Azargoschasb lag auf dem Rücken als er gefunden wurde. Der Gerichtsmediziner meint von hinten erschlagen, dann wäre er doch nach vorne gefallen und hätte auf dem Bauch liegen müssen. Da stimmt doch was nicht", sagte Parme.

Horst telefonierte nochmals mit dem Gerichtsmediziner.

Dieser meinte, es wäre theoretisch möglich, dass sich der Tote im Fallen gedreht hat, dann wäre er voraussichtlich auf die Seite gefallen. Das wäre überprüft und verworfen worden. Die Kleidung weise keine besonderen Verschmutzungen oder Abriebe auf, was auf ein Bewegen der Leiche hinweisen würde. Es gibt lediglich leichte Verschmutzungsspuren auf der rechten Seite. Es wäre denkbar, dass nach dem Sturz jemand den Toten vom Bauch auf den Rücken drehte."

„Und wer? Der Täter, um nachzusehen ob Azargoschasb tot ist? Ein Unbekannter, um den Toten auszurauben? Wir haben beim Toten keine Papiere oder Geld gefunden. Nichts. Nimm mit der Sitte Kontakt auf, ob seine Papiere im Milieu aufgetaucht sind!", ordnete Parme an.

Horst telefonierte mit der Sitte. Dort waren bisher keine Papiere von Azargoschasb aufgetaucht. Horst bat um Rückmeldung wenn sich was tun sollte.

Auf dem Weg zu Azargoschasbs geschiedener Ehefrau sprachen Parme und Horst nichts. Beide dachten über das bisher Erfahrene nach und bereiteten sich auf das Treffen mit der Frau vor. In der Werastraße angekommen, suchten sie einen Parkplatz. Fast überall waren Anwohnerparkplätze. Sie konnten zwar ihr Dienstschild hinter die Frontscheibe legen, doch sie wollten möglichst wenig auffallen. Beim zweiten Anlauf entdeckte Horst eine freigewordene Lücke und parkte.

Das Haus auf das sie zugingen war ein Sandsteinbau aus der Zeit der Jahrhundertwende. Viele Stuttgarter suchten so eine

Wohnlage mit Blick über den Talkessel. Die Wohnungen dieser alten Häuser haben hohe Decken mit Stuckverzierungen und sind meistens großzügig geschnitten, also ideal für Familien mit Kindern. Parme klingelte.

Als ihnen die Tür geöffnet wurde betraten sie ein geräumiges Treppenhaus. Die Steintreppe war am Geländerknauf mit einer steinernen Schnecke verziert. Von der Decke hingen noch die dekorativen Gaslaternen von einst.

Frau Brackmaier, die geschiedene Ehefrau von Azargoschasb öffnete ihnen die Wohnungstür. Sie wohnte im zweiten Stock. Die Wohnung war einfach und freundlich hell eingerichtet. Das einzig Auffallende waren vereinzelte Teppiche am Boden. An den Wänden hingen Blumenaquarelle.

Parme und Horst nahmen in der Küche Platz. Frau Brackmaier schaute sie an.

„Was wollen Sie?"

„Wann haben sie Ihren Mann das letzte Mal gesehen?"

„Sie meinen meinen Exmann. Ich habe ihn seit drei Monaten nicht mehr gesehen. Unsere Töchter haben aber regelmäßig Kontakt zu ihm. Was ist passiert?"

„Ihr Mann ist tot."

„Was ist passiert?"

„Er wurde ermordet."

„Oh Gott, wo?"

„Auf dem Gelände des Nordbahnhofs. Er hatte einen braunen Anzug an."

„Sein guter Anzug. Er ist schon etwas älter und eigentlich zu warm für diese Jahreszeit."

„Ja, wissen Sie was er am Nordbahnhof wollte?"

„Nein. Ich kann Ihnen nicht weiterhelfen. Azargoschasb lebt seit drei Jahren auf der Straße, im Niemandsland. Ich kenne seine neuen Freunde nicht und weiß noch nicht einmal wo er geschlafen hat.

Es ist mir auch egal. Unsere Ehe wurde vor sechs Jahren auf mein Drängen geschieden. Er kam mit der Welt nicht mehr klar und war oft unzufrieden. Ich bekam das dann zu spüren. Wegen jeder Kleinigkeit fing er an mit mir zu streiten. Er hat viel durchgemacht in seinem Leben, aber es war besser, ihn alleine zurechtkommen zu lassen.

Als die Kinder alt genug waren, schaffte ich mit Hilfe meiner Eltern den Absprung, die Scheidung", sagte Frau Brackmaier hart.

„Können wir mit Ihren Töchtern sprechen?", fragte Parme.

„Ja, die Jüngere müsste gleich aus der Schule kommen, die Ältere macht eine Ausbildung zur Tätowiererin. Sie will die erste Frau in Stuttgart werden, die harte Motorradjungs tätowiert, oder wie ich sagen würde, piesacken darf, und die bezahlen dafür auch noch. Sie kommt erst gegen Abend, wenn überhaupt. Ich glaube da kommt Lena, meine Jüngste. Bitte seien Sie vorsichtig mit ihr, sie steckt gerade in der Pubertät und liebt ihren Vater sehr."

„Dürfen wir mit ihr alleine sprechen", fragte Parme.

„Ja, bitte warten Sie hier, ich würde es ihr gerne zuerst sagen."

„Lassen Sie die Tür offen", bat Parme.

Parme und Horst blieben am Küchentisch zurück. Beide sahen zum Fenster hinaus und blickten über die Dächer von Stuttgart. In der Ferne konnten sie das Gelände sehen auf dem Azargoschasb ermordet aufgefunden wurde. Ein bleiernes Gefühl beschlich Parme. Sie spürte eine unendliche Einsamkeit. Da unten lag das Mordopfer über einen Tag. Mit einem Fernglas hätte man ihn vielleicht von hier aus sehen können.

Lena betrat den Raum. Sie war eine hübsche Sechzehnjährige. Angezogen wie alle jungen Mädchen, ein knallig buntes bauchfreies Oberteil und enge Jeans mit Riemchen-Sandalen an den Füßen. Ihr Haar war lockig und schwarz, wie das ihres Vaters. Sie hatte Tränen in den Augen und stand verlegen in der Zimmermitte. Parme nahm die Situation in die Hand.

„Hallo Lena, ich bin Parme und das hier ist Horst Walwik. Wir sind beide von der Polizei und wollen herausfinden, wie es zum Tod deines Vaters kam. Bitte setzt dich zu uns. Wir brauchen deine Hilfe, um mehr über deinen Vater zu erfahren. Willst du uns dabei helfen?"

„Ich weiß nicht. Wie soll ich Ihnen helfen?"

„Erzähl uns von ihm. An was denkst du gerade?"

„Ich versteh' das nicht. Warum ist mein Vater tot? Was soll das? Wir wollten uns morgen im Freibad treffen. Kommt er jetzt nicht? Ich kann das gar nicht glauben."

Lena kämpfte mit den Tränen. Ihre Mutter betrat den Raum und streichelte ihr den Rücken. Sanft nahm sie Lena in den Arm.

Parme nickte.

„Lena, du willst bestimmt, dass man den findet, der das getan hat. Versuch' einen Augenblick stark zu sein und sprich über deinen Vater. So wie du ihn kennst. Sag einfach was dir über ihn einfällt. Die Frau Kommissarin und ihr Begleiter verstehen bestimmt, dass du sehr traurig bist und weinst, du brauchst dich nicht zu genieren. Komm mein Schatz."

„Ach Mama, was soll ich denn sagen. Es geht alles so schnell. Weißt du noch, wie ich mich letzten Monat über Papa so geärgert habe und wie peinlich mir das nachher war? Als ich mit ihm zum Garten gefahren bin und der war so ungepflegt. Der ganze Garten war überwuchert und ich habe mit ihm so geschimpft, dass er nicht mal hinkriegt, den Weg zur Hütte freizuhalten. Und was sagte er: Mein Kind, der Weg, er riecht so gut."

Lena sackte in den Armen ihrer Mutter zusammen und schluchtzte hemmungslos.

Parme und Horst beschlossen, das Mädchen nicht mehr länger zu quälen und zu gehen. Frau Brackmaier nickte und nahm Parmes Karte entgegen. Sie versprach diese ihrer älteren Tochter umgehend weiterzugeben, damit sie sich bei Parme melden konnte. Parme hatte ihre Privatnummer hinten drauf geschrieben.

„Lena, danke, dass du uns das erzählt hast. Mal sehen, ob es uns weiterhilft" verabschiedete sich Parme.

Horst, der sich die ganze Zeit zurückgehalten hatte, ergriff Lenas Hand und sagte: „Lena, danke. Wenn du willst kannst du uns jederzeit anrufen. Das gilt auch für deine Mutter. Wir wollen den Mörder finden und dazu brauchen wir eure Hilfe."

Als Parme und Horst wieder im Auto saßen, steckten sie sich beide erst mal eine Zigarette an. Eigentlich war das in Dienstwagen seit zwei Jahren verboten.

„Ich hasse es Todesmeldungen zu überbringen, besonders wenn Kinder mit dabei sind", sagte Horst.

„Es gehört nun mal dazu, wer soll es denn sonst machen? Am besten wäre natürlich, wir hätten gleich den Mörder parat. Die beste Hilfe zum Verarbeiten der Trauer und des Abschieds ist zu wissen, wer der Mörder ist und warum der geliebte Mensch sterben musste." unterwies Parme ihren Kollegen, um einiges kühler, als ihr zumute war.

6

Zurück im Büro, telefonierte Parme mit der Polizeidienststelle Essener Straße im Stuttgarter Norden. Der diensthabende Beamte bestätigte den Wohnort des Anrufers aus dem Hallschlag. Zur Mittagszeit hielt er sich meist am Hattinger Platz auf. Parme entschloss sich, mit dem Bus des öffentlichen Nahverkehrs dort hin zu fahren. Vom Nordbahnhof in den Hallschlag waren es nur wenige Stationen.

Parme stieg aus dem Bus und wandte sich nach links. Ihr Weg

führte entlang der Nordmauer der Reiterkaserne. Eine militärische Monumentalanlage aus der Kaiserzeit. Nachdem das amerikanische Militär vor Jahren das Gelände verlassen hatte, bemächtigten sich Künstler, Musiker und Medienschaffende der Gebäude.

Parme verließ die Mauer und ging durch die Essener Straße in Richtung Hattinger Platz, ins Herzstück des alten Hallschlags. Der Hallschlag galt jahrzehntelang als Sorgenbezirk in der Stuttgarter Verwaltung: Sozialer Wohnungsbau teilweise noch aus den 30er-Jahren, hoher Ausländeranteil und hohe Jugendarbeitslosigkeit. Es gab Stuttgarter, die trauten sich dort nicht ihr Auto zu parken aus Angst vor Diebstahl oder Vandalismus. Doch Parme wusste, der Hallschlag hatte auch seine angenehmen Seiten. Die Geschwader von Sozialarbeitern drangen in die Familien ein und hatten ein Netzwerk von Spielplätzen, betreuten Einrichtungen, Jugendarbeit und Altenhilfe hinterlassen, durch das sich das Bild gewandelt hatte. Die Jugendlichen gingen aufrecht und redeten in einem eigenen schwäbischen Hallschlag-Slang. Autoknacken und durch die Straßen ziehende Banden gehörten heute der Vergangenheit an.

Auf dem Hattinger Platz waren Bänke um einen Brunnen aufgestellt. Darauf saßen alte Männer und tranken Bier. Parme zeigte ihren Ausweis und fand den Zeugen unter den Alten. Er war einigermaßen nüchtern und bereit, eine Aussage zu machen.

„Ja, ich hab angerufen, gestern. Wegen dem Toten aus der Zeitung. Den kenn ich. Wohnt dahinten im Haus vom Raitel. Gibt es dafür Geld? Könnte es gut gebrauchen?"

Parme ließ sich die Personalien des Zeugen geben und die Adresse des Hauses und ging zur Polizeidienststelle wenige Meter weiter.

„Guten Tag, ich bin Kommissarin Parme und ermittle im Mordfall Azargoschasb. Nach einer Zeugenaussage wohnte er hier im Stadtviertel." Parme zeigte ihnen das Bild von Azargoschasb.

„Der Tote auf dem Bild ist hier nicht bekannt. Ist zumindest nicht angemeldet. Er fiel keiner Polizeistreife auf. Das muss aber nichts heißen. Im Hallschlag haben viele ein Plätzchen gefunden."

„Der Zeuge meint er wohnte beim alten Raitel."

„Beim Raitel, aha. Bis vor zwei Jahren wohnte der Raitel in dem Häuschen, um die Ecke von hier, zwei Straßen weiter. Raitel war ein schwuler Polizist. Er ist an Aids gestorben. Ein sogenanntes Ehepaar hat seinen Mietvertrag übernommen. Die waren als Nachmieter im Mietvertrag handschriftlich vermerkt. Das wissen wir, weil zu Beginn deren Einzugs der cholerische Erbe hier bei uns auf der Wache erschien. Er wollte eine Zwangsräumung veranlassen. Die Sache wurde dann eingestellt, der Vertrag war legal und rechtswirksam."

Parme verabschiedete sich und ging zu dem Haus des verstorbenen Polizisten. Sie klingelte. Es öffnete ein junger Mann bekleidet mit Jeans, Malerkittel und Turnschuhen. Parme zeigte ihren Ausweis.

„Kommen Sie doch bitte herein", sagte der junge Mann.

Der Eingangsbereich war mit lila Trettford-Teppichboden ausgelegt. Die giftgrünen Wände im Flur verzierten in regelmäßigen Abständen angebrachte Spiegelstreifen. Das ganze Haus war im 70er-Jahre-Stil gemacht und eingerichtet. Es wirkte sehr gepflegt.

„Da haben Sie sich ja eine kleine Schmuckschatulle hergerichtet", sagte Parme anerkennend.

„Ja, ein bisschen wie im Museum. Das meiste war schon so eingerichtet. Wir haben es vom Vormieter so übernommen und uns gefällt es. Wo findet man heute noch lilafarbene harte Schlingenquadrate als Teppichboden? Das erinnert einen an die Kindheit. Sie sind wegen Azargoschsb hier? Wir wollten uns melden, aber es gibt da ein kleines Problemchen."

„Richtig getippt, ich bin wegen Azargoschasb hier. Wir ermitteln im Fall des ermordeten Persers, wie Sie wahrscheinlich aus der Zeitung wissen. Er war nicht polizeilich gemeldet?"

„Nein, das ist ja das Problem. Dass wir untervermieten, wäre für den Hausbesitzer eine Handhabe, uns zu kündigen. Wir befürchteten, dass es vielleicht in der Presse erwähnt wird. Mein Mann und ich, wir haben hier Mietrecht auf Lebenszeit, aber untervermieten dürfen wir nicht. Der Hausbesitzer hat was gegen Schwule und wartet nur auf so eine Gelegenheit."

„Warum haben Sie Azargoschasb aufgenommen?"

„Tja, wissen Sie, eigentlich haben wir es Azargoschab zu verdanken, dass es dieses 70er-Jahre-Kleinod überhaupt noch gibt und wir hier wohnen dürfen. Früher pflegte Azargoschasb die Besitzerin des Hauses. Kurz vor ihrem Ableben unterschrieb die alte Frau einen Mietvertag mit dem damals schon kranken Polizisten Raitel und uns als Nachmieter. Azargoschasb kannte Raitel und die alte Frau und so kam es zu dem Mietvertrag. Seither hatte er im Erdgeschoss ein kleines Zimmer, in dem er wohnte. Kommen Sie mit, ich zeig' es Ihnen."

Parme betrat den Raum. An der Wand stand ein Schlafsofa, gegenüber eine Kommode auf der ein Zweiplattenelektroherd stand. Ein Waschbecken war in einen Wandschrank eingelassen, der gleichzeitig den Lebensmittelvorrat beherbergte. Auf einem großen Tisch lagen Farben und Pinsel. Einige bemalte Leinwände auf Keilrahmen standen zwischen Wand und Schrank eingeklemmt. Das einzig Warme im Zimmer war ein Teppich, fand Parme. Der Raum wirkte wie gerade eben nur kurz verlassen. Keine Unordnung oder Spuren eines Kampfes oder einer Durchsuchung.

„Von was hat Azargoschasb gelebt?"

„Er hatte eine kleine Lebensversicherung mit monatlichen Zahlungen, die auf den Namen seiner Frau lief und die er nach der Scheidung zugesprochen bekommen hat. Es war nicht viel, aber er kam damit zurecht. Miete musste er keine bezahlen. Die Farben hatte er von mir, ich male auch. Manchmal hat er ein Bild an alte Bekannte verkauft. Von dem Geld kaufte er seinen Töchtern kleine schöne Dinge oder lud sie zum Eisessen ein. Seine beiden Töchter bedeuteten ihm viel."

„Wissen Sie was er auf dem Gelände hinter dem Hauptbahnhof wollte?", fragte Parme.

„Nein, ich habe auch nicht die geringste Ahnung warum er umgebracht wurde. Er hatte, soweit ich ihn kannte, keine Feinde. Es ist rätselhaft, Azargoschasb war friedlich, ruhig, hatte kein Geld, nichts wertvolles was man rauben konnte."

„Und doch ist er jetzt tot", erwiderte Parme härter als sie wollte.

Sie ärgerte sich. Es fand sich bisher kein Täter und kein Motiv. Ein älterer Mann lebt zurückgezogen, ohne staatliche Hilfe in Anspruch zu nehmen, bewusst aber ohne zwingenden Grund illegal in einem Zimmer bei einem schwulen Ehepaar. Seine jüngste Tochter liebte ihn ganz offensichtlich, seine geschiedene Ehefrau lebte schon seit Jahren ihr eigenes Leben.

„Woher hatte er die Drogen?", fragte Parme kurz angebunden.

Der junge Mann schwieg.

„Sprechen Sie."

„Sie sind hier auf dem Hallschlag. Das bisschen Marihuana kriegen Sie hier problemlos an jeder Ecke", antwortete der junge Mann achselzuckend.

Parme sah ihn an. „Hat er viele Bilder verkauft?"

„Hin und wieder, aber ich glaube, dass er hier und da von einem seiner Bekannten mal etwas zugesteckt bekam, und die sich ein Bild dafür aussuchten, um seinen Stolz nicht zu verletzen", antwortete der Mieter.

„Ich werde seine Sachen von der Spurensicherung untersuchen lassen. Ich muss das Zimmer jetzt versiegeln. Bitte fassen Sie nichts an. Danke für ihre offenen Antworten. Auf Wiedersehen!", verabschiedete sich Parme schnell.

Der junge Mann begleitete Parme zur Türe und sah i hr nach. Parme blickte nicht zurück. Sie sah nach vorne. Über Spielplätze und Fußwege schlängelte sie sich ihren Weg entlang. Geradewegs auf die lange von Bäumen und Sozialblocks gesäumte Allee. Links lag eine Bäckerei. Parme trat ein und genoss den Duft frisch gebackener Brötchen und Croissants.

Sie kam wieder an den Hattinger Platz. Ihr „Informant" warf gerade geräuschvoll eine leere Bierdose in den städtischen Mülleimer. Es war vielleicht der letzte Luxus der Arbeitslosen. Ein paar Stunden großspurig Dosen wegzupfeffern, um sie hinterher wieder einzusammeln und an der Kasse vom Supermarkt abzugeben.

„War es ein guter Tipp?", fragte er.

„Ja, hier hast du 50 Euro", sagte Parme.

„Danke, aber das bleibt unter uns. Wissen Sie das Sozialamt macht immer so einen Wind um jede zusätzliche Mark."

„Was macht ihr hier den ganzen Tag?", fragte Parme.

„Sitzen, quatschen, warten, Leute treffen und die Zeit überwinden. Ist doch schöner als zuhause vor dem Fernseher. Es sollen ruhig alle sehen, dass es uns auch noch gibt. Die Jungen drüben an der Ecke, die wissen wie's läuft. Ständig neue Autos und Mädels, da geht was. Auch fürs Auge", erzählte ihr Informant anerkennend.

Zwei große weiße Hunde kamen schwanzwedelnd in Parmes Richtung. Dahinter eine Frau, die wie eine Walküre im Sonnenlicht erstrahlte. Ihr rotes Haar glänzte und erfreute die Gemeinde.

Parme wandte sich ab und lief zu Fuß in ihr Büro. Der Weg brachte sie in das angrenzende „bessere" Wohnviertel mit Gartenzäunen und ordentlichen Autostellplätzen.

Sie ging an der Löwentorstraße entlang, vorbei an einem Versicherungsneubau, direkt auf eine große Kreuzung. Vor über einem Jahrzehnt wurde diese im Zuge der Internationalen Gartenausstellung in Stuttgart fußgängerfreundlich gestaltet. Doch leider nicht in ihrer Richtung. Sie brauchte mehrere Ampelstops bis sie die Straße zu Fuß überquert hatte.

Kurz darauf betrat Parme ihr Büro in der Nordbahnhofstraße. Ohne Umschweife setzte sie sich an ihren Schreibtisch, griff nach dem Packen der Abschlussberichte und wandte sich dem Computer zu. Als sie abends gegen 20 Uhr ihr Büro verließ war der Schreibtisch leer.

7

Am anderen Morgen rief Parme als erstes Horst zu sich ins Büro.

„Horst, wir müssen die Käufer der Bilder von Azargoschasb ausfindig machen und befragen. Das kannst du übernehmen. Nimm dir einen jungen Kollegen mit. Die Spurensicherung wird euch eine Liste mit Namen geben, die sie aus Schriftstücken und Notizkalendern aus der Wohnung des Toten zusammengestellt hat. Ich werde gleich die ältere Tochter treffen. Heute Mittag um fünf ist Pressekonferenz. Ich wünsche dir viel Erfolg."

Parme machte sich auf zum Palast der Republik. Dort hatte sie sich mit der älteren Tochter von Azargoschasb verabredet. Der Palast der Republik war ein beliebter Treffpunkt von Studenten der Uni Stuttgart. Ein kleiner Pavillon mit Zapfsäule, der an warmen Sommerabenden von unzähligen Jugendlichen belagert wurde, von denen die wenigsten Platz auf einem Stuhl geschweige denn an einem Tisch Platz fanden. Man saß auf den Rändern der Blumenrabatte oder einfach auf den öffentlichen Gehwegen, die dort relativ großzügig angelegt sind. Früher war es ein öffentliches Pissoir. Parme erkannte die junge Frau sofort. Sie saß mit dem Gesicht ihr zugewandt, lächelte und streckte ihr eine hennaverzierte Hand entgegen.

„Guten Tag, mein Name ist Ariella Rimi. Hier ist Selbstbedienung. Ich warte solange auf Sie", sagte Ariella locker.

Zurück mit einer üppigen Latte Macciato nahm Parme ihr gegenüber Platz.

„Darf ich Ariella zu Ihnen sagen?", fragte Parme.

„Ja", antwortete sie und kam gleich zur Sache. „Sie sind wegen meinem Vater hier, was wollen Sie wissen?"

„Wie war euer Verhältnis zueinander?", fragte Parme.

„Gut, er war immer für mich da. Er hatte zwar nie Geld, aber als Vater nahm er sich Zeit. Genügt das?", fragte Ariella trocken.

„Wann haben Sie ihn zuletzt gesehen, Ariella?"

„Vor circa zwei Wochen."

„Worüber habt ihr gesprochen?"

„Ich wollte einen Rat von ihm, ich möchte mich selbstständig machen. Zurzeit arbeite ich in einem großen Tätowier-Studio in der Stadt und da gibt es manches was mir nicht gefällt. Ich will was Eigenes machen, ohne Chef. Ich denke, ich kann das", antwortete Ariella beinahe trotzig.

„Für was brauchten Sie den Rat ihres Vaters?", fragte Parme weiter.

„Wegen dem Geld, es klingt zwar blöde, Azargoschasb hatte ja nichts, aber er kannte so viele Leute, vielleicht wäre da was für mich zu machen gewesen", antwortete Ariella freizügig.

„Und wie reagierte er? Konnte er Ihnen Geld beschaffen?", bohrte Parme weiter.

„Nicht direkt. Er meinte es gäbe vielleicht eine Möglichkeit, doch er wollte nichts Genaueres sagen. War mir auch egal, also ich hätte den potentiellen Geldgeber schon für umsonst tätowiert, ist ja klar, aber wie Azargoschasb es anstellen würde, wollte ich nicht wissen. Er hatte so seine eigene Methoden, seine früheren Geschäftspartner und Kunden einzuwickeln. Das war mir peinlich.

Er bettelte nicht, aber es war so ein Umgarnen der Leute. Irgendwie konnte er sich immer wieder einbringen, er war ja nicht maßlos und hat die Beziehungen nicht überstrapaziert. Ich hoffte, dass er für mein Vorhaben etwas herausleiern könnte. Ob er es probiert hat, weiß ich nicht.

Als ich ihm von meinen Plänen der Selbstständigkeit erzählte, wurde er zuerst ernst und referierte über Buchhaltung und so einen Scheiß. Weiß ich doch alles. Später schmunzelte er, wie wenn ihm etwas eingefallen wäre. Das ist alles. Geld habe ich keines bekommen. Mehr weiß ich nicht", beendete Ariella ihre Worte mit einem Anflug von Tränen in ihren Augen.

„Ariella ich danke Ihnen für das offene Gepräch. Mit jedem Tag lerne ich Ihren Vater besser kennen. Ich glaube er war eine sehr interessante Persönlichkeit."

Am liebsten hätte Parme das Mädchen in den Arm genommen, doch sie widerstand zunächst diesem menschlichen Bedürfnis. In Gedanken hörte sie ihren Chef von Professionalität, Abstand und Befangenheit referieren. Doch dann beschloss Parme, ihrem Gefühl nachzugeben und nahm die rechte Hand von Ariella, sah ihr in die Augen und fragte: „Kann ich Sie noch irgendwohin mitnehmen?"

„Nach Hause bitte, ich habe mir heute freigenommen. Es gibt soviel zu überlegen. Ich bin müde", antwortete Ariella.

Die Fahrt über wurde kein Wort gewechselt. Beide schwiegen. Zum Abschied fragte Ariella, ob Parme ihr zuerst den Namen des Mörders nennen würde. Sie wollte es nicht aus der Zeitung erfahren. Parme versprach es.

Parme fuhr zurück und parkte auf dem Dienstparkplatz am Nordbahnhof. Zu Fuß ging sie Richtung Tatort. „Ein attraktives Gelände, mitten in der Stadt, eingerahmt von Hügeln, hier sollte ein neuer Stadtteil entstehen. Noch ein paar Jahre städtebauliche Untätigkeit und es wird ein heideähnlicher Park entstanden sein. Hühner gibt es schon. Wer wohl auf die Idee gekommen ist, hier in dem alten Gebäude einen Hühnerstall zu bauen?", dachte sie amüsiert.

Parme drehte sich um ihre eigene Achse. Sie blieb stehen und überlegte: „Azargoschasb war zu Fuß unterwegs. Er hatte kein Auto. Was suchte er hier? Lag das Gelände auf seinem Weg. Wollte er jemanden besuchen, oder war er auf dem Nachhauseweg. Dass seine Leiche hierhergebracht wurde, schloss die Spurensicherung so gut wie aus. Wir wissen noch zu wenig über ihn und seinen Bekanntenkreis. Sollte man über die Presse um Hinweise bitten? Von der geschieden Ehefrau könnte man doch noch etwas mehr erfahren, am besten gleich."

Parme stieg in der Türlenstraße in die Straßenbahn ein. Am Hauptbahnhof stieg sie in einen Bus der Linie 42 um. An der Haltestelle Urachstraße stieg sie aus und ging von oben in die Werastraße.

Frau Brackmaier war zu Hause und nicht gerade erfreut Parme zu sehen. „Was wollen Sie denn noch? Jetzt habe ich zwei weinende Töchter zuhause. Hier finden Sie nichts von ihm."

„Ich muss mehr über Ihre gemeinsame Vergangenheit erfahren. Wie war das mit dem Altenpflegedienst? War es rentabel? Welche Stadtteile betreuten Sie? Konnten Sie davon leben? Wo haben Sie gewohnt? Seit wann malte Azargoschasb? Ich brauche die Namen Ihrer letzten Kunden, mit denen er noch Kontakt hatte. Ich muss Sie bitten, mir die Fragen zu beantworten. Entweder hier oder auf dem Präsidium. Was ist Ihnen lieber?"

„Wenn Sie meinen, bitte schön, gehen wir in die Küche", sagte Frau Brackmaier ungerührt.

„Ich lasse ein Aufnahmegerät mitlaufen, damit mein Kollege es später abhören kann. Ich hoffe es stört Sie nicht in ihrer Konzentration."

„Ja, ist gut. Der Altenpflegedienst war unsere gemeinsame Idee. Er hatte eine medizinische Ausbildung und war als Altenpfleger zugelassen. Ich war Krankenschwester. Wir gründeten eine kleine Firma. Das Startkapital für ein Fahrzeug und die altenpflegerische Ausrüstung bekamen wir von meinen Eltern. Wir nahmen Kontakt auf zu Kirchengemeinden und stellten uns vor. Recht schnell bekamen wir Aufträge. Die Menschen vertrauten uns und fühlten sich wohl bei uns. Ich übernahm die medizinische Versorgung wie das Spritzen und kümmerte mich um die Buchhaltung. Azargoschasb pflegte die Alten. Er wusch sie, kleidete sie an, ging mit ihnen spazieren, spielte Karten und unterhielt sie. Wir konnten davon ganz gut leben.

Vor ungefähr acht Jahren kam ein Verwandter von ihm aus Teheran zu Besuch. Er wollte schnell das große Geld machen, mit Teppichen. Seine Idee war simpel. Wir sollten bei unserer reichen Kundschaft für seine Teppiche werben. Mir war das gar nicht recht. Ich wollte alte Menschen versorgen und ihnen nichts aufdrängen, wie auf Kaffeefahrten. Azargoschasb hingegen fühlte sich seinem Verwandten verpflichtet. Tatsächlich haben wir so ein paar Teppiche verkauft. Azargoshab bemühte sich um Diskretion, er wollte nicht, dass es auffiel."

Auf Aufforderung der Kommissarin holte sich Frau Brackmeier Stift und Papier und notierte ein paar Namen.

„Kurze Zeit später musste der Verwandte überstürzt abreisen", fuhr sie fort. „Sein Besuchsvisum war abgelaufen und er bekam keine Verlängerung. Azargoschasb kaufte ihm sehr viele Teppiche auf Kredit ab. Einige davon waren recht wertvoll. In unserer Wohnung richtete er ein Lager ein. So ging es ungefähr zwei Jahre. Wir arbeiteten in der Pflege und Azargoschasb verkaufte nebenher seine Teppiche auf Gewerbeschein. Wir hatten oft Streit deshalb.

Er führte keine Buchhaltung. Manchmal hatte er die Taschen

voll Geld. Dann lud er uns und Freunde nobel zum Essen ein. Nur selten brachte er es zur Bank. Der Kredit lief und die Ratenzahlungen konnte er nicht regelmäßig erfüllen. Als dann schließlich das Finanzamt Geld wollte verlor Azargoschasb den Überblick. Letztendlich führte das zu unserer Scheidung. Ich verkaufte das Geschäft, das auf meinen Namen lief. Von dem Geld kaufte ich diese Wohnung hier. Ich arbeite als Krankenschwester im Krankenhaus. Azargoschasb ging in Insolvenz. Nach der Scheidung überließ ich ihm meine Lebensversicherung. Das war alles."

„Sie sagten Sie hatten reiche Kundschaft. In welchen Stadtteilen arbeiteten Sie denn?", fragte Parme.

„In Degerloch, im Kräherwald, auf dem Killesberg und manchmal im Dachswald. Es waren Privathaushalte, reiche alte Leute, deren Verwandtschaft sich nicht um sie kümmern konnte", antwortete Frau Brackmaier ruhig.

„Wo wohnten Sie und Ihre Familie?", fragte Parme.

„Jahrelang im Stuttgarter Osten, in Gablenberg, die Kinder gehen hier im Heidehofgymnasium zur Schule. Die Ältere hat nach der elften Klasse aufgehört. Die letzten Jahre wohnten wir auf dem Killesberg. Eine alte Dame vermietete uns eine große Wohnung sehr günstig. Sie wollte uns in ihrer Nähe wissen. Kurz vor Azargoschasb Pleite im Teppichgeschäft starb die Dame und die Miete wurde vom Erben dem allgemeinen Mietspiegel angepasst, so dass wir es uns nicht mehr leisten konnten. Es kam der Gerichtsvollzieher, der alles, auch die Teppiche, die er noch vorfand, mitnahm. Ich zog mit den Kindern hierher und leitete die Scheidung ein. Azargoschasb ging seine eigenen Wege. Was er machte weiß ich nicht. Vermutlich hat er Bilder gemalt. Er hat schon früher gerne gemalt. Als Hobby", fasste Frau Brackmaier zusammen.

„Ja, das war jetzt sehr aufschlussreich. Ich danke Ihnen für die Zeit und die Auskünfte Frau Brackmaier. Auf Wiedersehen", sagte Parme, sammelte ihre Sachen zusammen und verließ die Wohnung der Hinterbliebenen.

Parme ging zu Fuß die Staffeln hinunter, an der Friedenskirche vorbei und dann zur U-Bahn-Haltestelle Neckartor. Auf dem Weg telefonierte sie mit ihrem Büro und gab die neuen Erkenntnisse zur Überprüfung durch.

8

Im Büro wieder angekommen, rief Parme Horst zu sich.

„Horst, in einer halben Stunde ist Pressekonferenz. Habt ihr was herausgefunden?"

„Wir haben zu zweit die Liste der Namen abgearbeitet, die du uns durchgegeben hast. Das sind alte Leute. Aber, wir haben in der kurzen Zeit nicht alle erreicht. Bei manchen war es schwierig den Wohnort rauszukriegen, die Telefonnummer sind veraltet. Zwei leben im Altersheim, eine Frau ist tot. Er betreute sie früher als Altenpfleger. Daher kannten sie sich. Sie hatten einen Teppich von ihm gekauft, und später auch Ölgemälde", berichtete Horst.

„Gut, Horst. Da müssen wir dranbleiben, ich habe vor bei der Pressekonferenz eine kurze Vita und ein Bild des Toten zu veröffentlichen, mit der Aufforderung der Mitbürger zur Mitarbeit", sagte Parme entschlossen.

Zwei Stunden später, nach der Pressekonferenz, hörten sich Parme und Horst die Kassettenaufnahme vom Gespräch mit der geschiedenen Ehefrau an.

„Geht es um Geld? Die Tochter sprach auch von Geld. Das ist das einzige was wir bisher haben. Die Teppiche verkaufte Azargoschab für einen Verwandten aus Teheran. Dabei ging es um beträchtliche Summen. Die Tochter bittet um finanzielle Hilfe bei ihrer Existenzgründung", überlegte Parme.

„Du hast recht. Sagte die Exfrau vom Toten nicht, einige der

Teppiche seien recht wertvoll gewesen und der Gerichtsvollzieher habe die Teppiche, die er finden konnte mitgenommen? Heißt das, es gibt Teppiche, die er nicht fand?", kombinierte Horst.

„Angenommen, er war auf der Suche nach einem Investor für die Firmengründung seiner Tochter. Er kannte reiche Leute, manche davon wohnen auf dem Killesberg. Er ging auf den Killesberg, traf sich mit jemandem, bat um Geld, ging zurück und wurde auf dem Rückweg von hinten erschlagen. Geld hatte er nicht bekommen. Oder er wurde ausgeraubt. Die Leiche ließ der Mörder liegen", sagte Parme.

„Morgen wird ein wichtiger Tag. Die Zeitungen bringen den Fall. Lass uns nach Hause gehen und ein wenig ausruhen. Mach's gut, Horst, bis morgen", verabschiedete sich Parme.

Am anderen Tag blätterte Parme zufrieden die Zeitung am Frühstückstisch durch. Die Berichterstattung war, wie sie erhofft hatte, sehr zufriedenstellend. Einiges über den Toten und der dringende Appell an alle die ihn kannten, sich bei der ermittelnden Polizei zu melden, um mit ihnen zusammen zu arbeiten. Die Redakteure hatten ihre Arbeit gut gemacht. Die nächsten Stunden galt es mit Routinearbeit zu überwinden und die aufkommende ungeduldige Neugierde im Zaume zu halten. Schon bald würde es neue Information geben. Und vielleicht auch ein Motiv für den Mord.

Mittags um zwei gab es eine erste Auswertung. Über zwanzig Personen hatten sich bisher gemeldet. Die Aussagen am Telefon waren aufgenommen und danach abgetippt worden. Parme saß in ihrem Büro und las jedes Protokoll aufmerksam durch. Sie hatte Recht gehabt, es gab mehr Menschen, die noch unregelmäßige Kontakte zu Azargoschasb gepflegt hatten.

Einige Zuschriften waren voll Bedauern und Unverständnis über den Mord. Das half ihr nicht weiter. Parme brauchte Anhaltspunkte. Sie sortierte die Anrufer in drei Stapel. Der erste war unbedeutend, Aussagen ohne Inhalt, erfundene Geschichten von Wichtigtuern und gelangweilten Menschen, die sich immer auf eine Polizeiaktion hin meldeten.

Den zweiten Stapel schickte sie direkt an die Abteilung gegen Ausländerfeindlichkeit.

Den dritten kleineren Stapel sortierte Parme weiter. Es gab vier Aussagen, die sich auf Bilderkäufe bezogen. Eine Aussage zu den Teppichverkäufen und fünf Anrufer kannten den Toten noch aus seiner Zeit als Altenpfleger.

Diese Personen bestellte Parme für den nächsten Tag ins Präsidium. Es waren nicht alle Anrufer begeistert davon, doch das war Parme egal. Sie musste Druck aufbauen, weiterkommen. Sie trat auf der Stelle. Die Befragungen morgen konnten die Kollegen der Abteilung übernehmen.

Parme zog ihren leichten Sommermantel an. Mit der Liste der ehemaligen Wohnorte der Familie machte sie sich auf den Weg. Zuerst die Wohnung in Stuttgart Gablenberg, Farrenstraße. Der Stadtteil grenzt direkt an die City, zu Fuß sind es 20 Minuten über einen Bergrücken. Es ist ein gemütlicher, ruhiger Stadtteil. Durch die Nähe zum Rundfunk leben viele akademische Haushalte und Wohngemeinschaften in den überwiegend kleineren Einfamilienhäusern. Integrierte ausländische Familien sorgen für südländisches Flair. Es sind meist Schuster, Schlüsseldienste und Lebensmittelhändler.

Die Farrenstraße trägt ihren Namen aus der Zeit der frühen Landwirtschaft. Ein Farre war umgangssprachlich ein Stier. In der Farrenstraße stand der örtliche Stierstall. Parme stellte sich vor wie der Zuchtstier damals durch die Straße hinunter in die Ortsmitte getrieben wurde und seine Arbeit verrichtete. Im Stadtteil war das sicher ein Grund für ein Fest gewesen.

Parme stand vor dem Haus in dem früher Azaroschasb mit seiner Familie gewohnt hatte. Es war ein schmales Einfamilienhaus mit Garagenanbau. Das Haus war in den Hang hinein gebaut. Dadurch gab es keinen Garten. Parme sah eine begrünte Hinterhof-Terrasse. Auf der Klingel stand Schuster. Parme klingelte.

Es öffnete ihr eine junge Frau mit Baby auf dem Arm.

„Ja. Sie wünschen bitte", fragte die junge Frau.

„Guten Tag, ich bin Kommissarin Parme, Mordkommission. Darf ich bitte hereinkommen?", antwortete Parme.

Die junge Frau ließ Parme mit erschrecktem Gesicht eintreten.

„Ich ermittle in einem Mordfall. Seit wann wohnen Sie hier?", fragte Parme.

„Seit vier Jahren. Wir, mein Freund und ich haben das Haus gekauft. Wir suchten damals eine Wohnung. Weil wir Hundebesitzer sind, wollte uns niemand eine Wohnung vermieten. So kratzten wir all unsere Ersparnisse zusammen und nahmen einen Kredit auf", antwortete die junge Frau mit roten Wangen.

„Das Mordopfer wohnte vor acht Jahren in diesem Haus. Hier habe ich ein Bild von ihm. Sehen Sie es sich bitte an und sagen Sie mir, ob Sie ihn jemals gesehen haben", bat Parme.

Die junge Frau nahm das Bild, schüttelte den Kopf und sagte: „Nein, der Mann ist mir unbekannt. Vielleicht weiß mein Freund mehr. Er kommt gegen sechs Uhr von der Arbeit. Wenn Sie wollen zeige ich es ihm nachher und melde mich dann bei Ihnen."

„Ja das wäre nett, hier ist meine Karte. Bitte rufen Sie auch an, wenn er ihn nicht erkennt", verabschiedete sich Parme.

Parme ging in die umliegenden Läden und zeigte überall das Foto von Azargoschasb. Eine griechische Einzelhändlerin erinnerte sich an ihn.

„Oh, den habe ich schon lange nicht mehr gesehen. Früher wohnte er hier. Das ist bestimmt schon über fünf Jahre her. Er fuhr immer mit einem Kastenwagen rum, da stand was mit Altenhilfe drauf. Ach, ist das schon lange her, da hatte ich noch den alten Laden, zwei Häuser weiter. Also so um die sieben, acht Jahre.

Was ist aus ihm geworden?", fragte die Händlerin.

„Er wurde ermordet. Heute kommt ein Artikel über ihn in der Zeitung", sagte Parme, die keine Lust auf weitere Einzelheiten hatte.

Leise Zweifel kamen in ihr auf. Was erhoffte sie hier zu finden. Es war ein aussichtsloses Stochern in der Vergangenheit. Hatte sie soviel Zeit? Vielleicht sollten sie sich mehr auf die letzten paar Jahre konzentrieren.

Die Exfrau hatte einen Grund für die Illegalität des Toten genannt: Bürokratie. Azargoschasb wollte keine Ämtergänge mehr machen. Es war ihm lästig. Er lebte in seinem eigenen Mikrokosmos. Er wollte nichts vom Staat und der Staat sollte ihn in Ruhe lassen. Die monatliche Rate der Versicherung holte er sich persönlich ab. Da fiel es nicht auf, dass er keine Adresse hatte.

Parme fuhr mit dem Bus der Linie 44 Richtung Killesberg. Haltestelle Helfferichstraße stieg sie aus und lief ein paar Meter um die Aussicht auf die Stadt zu genießen. Das hier war schon ein besonders schöner Stuttgarter Stadtteil. Die gehobene Lage. Hier wohnte nur wer geerbt hatte oder zu den Spitzenverdienern dieser Gesellschaft gehörte.

Parme wand sich nach links und ging durch den Feuerbacher Weg in die Paracelsusstraße. Das Haus Nummer 102 war ein Dreifamilienhaus aus der Jahrhundertwende. Schön aber nicht übertrieben stattlich. Parme klingelte. Niemand öffnete ihr. Es war mittags um vier. Vermutlich waren die Bewohner noch arbeiten oder Tennisspielen oder machten ihren Schönheitsschlaf. So wandte sie sich nach rechts und klingelte an den benachbarten Häusern, zeigte das Bild und fragte ob jemand diesen Mann gesehen hatte.

Eine Dame mittleren Alters, die gerade im Garten arbeitete, erinnerte sich an die Familie. Sie wusste nichts Genaueres über sie zu sagen. Ja aufgefallen wäre er ihr schon, schließlich hatte er kein gewöhnliches Gesicht. An die Frau und die Kinder konnte sie sich nicht erinnern.

Sie sagte: „Ich dachte immer er wäre Künstler. Wissen Sie, er sah nicht gerade wohlhabend aus und doch wohnte er in dieser gehobenen Lage. Es gibt hier ein paar besondere Menschen, die sehen nicht aus als hätten sie Geld, sind aber weltberühmt. Man weiß ja nie, Künstler eben. Ich habe den Toten immer mal wieder gesehen. Sogar erst vor kurzem."

Parme hielt den Atem an.

„Er hatte ein Bild unter'm Arm, glaub' ich. Es war in Packpapier verpackt. Wir haben uns noch gegrüßt."

Das war es, worauf Parme schon die ganze Zeit gewartet hatte. Ein entscheidender Hinweis. Azargoschasb war hier gewesen.

„Wann war das?", fragte Parme betont ruhig.

„Warten Sie, heute ist Mittwoch, letzten Donnerstag oder Mittwoch. Ist es wichtig?", fragte die Dame.

„Ja. Überlegen Sie genau", erwiderte Parme ernst.

„Also es war am frühen Abend. Es wurde schon leicht dunkel. Ich kam gerade von meiner Pediküre zurück, dann war es Donnerstag vor sechs Tagen. Wissen Sie, ich gehe jeden Donnerstag zur Pediküre. So war es auch letzte Woche", antwortete die Dame bestimmt.

„Haben Sie gesehen wohin er ging? In welche Richtung, zu welchem Haus. Haben Sie mit ihm gesprochen?", fragte Parme.

„Wir haben uns gegrüßt. Ich fragte ihn, ob er auch Porträts malt, doch er lehnte charmant ab. Er sagte, er wäre ein expressionistischer Maler und führe keine Auftragsarbeiten aus. Falls es sich um ein Portrait von mir handle, solle ich es mir genau überlegen, meine Schönheit seiner experimentellen Kunst auszuliefern. Wir lachten noch und dann ging er in die Paracelsusstraße. In welches Haus er ging, weiß ich nicht, aber ich denke in die Nr. 102, da habe ich ihn früher immer gesehen. Er wohnte doch dort. Aber genau weiß ich es nicht, ich habe ihn nicht reingehen sehen. Hilft

Ihnen das weiter?", fragte die Dame interessiert.

„Ja, danke, ich brauch noch Ihre Personalien fürs Protokoll. Sollte Ihnen noch etwas einfallen, was für die Polizei von Bedeutung sein könnte, rufen Sie mich an. Hier ist meine Karte", sagte Parme freundlich.

Parme wartete gegen eine Mauer gelehnt bis die ersten Bewohner vom Haus Nr. 102 nach Hause kamen.

9

Um 18 Uhr fuhr ein schnittiger Porsche vor. Ihm entstieg eine junge brünette Frau mit Hochfrisur. Parme ging ihr entgegen und zeigte ihren Ausweis.

„Guten Abend, Kriminalpolizei. Kennen Sie den Mann auf diesem Bild?", fragte Parme kurz angebunden.

Die junge Frau sah sich erst den Ausweis von Parme genau an und studierte dann ungläubig das Bild.

„Woher sollte ich diesen Mann kennen? Er war heute in der Zeitung abgebildet. Wieso kommen Sie mit der Geschichte hier her und zu mir?", fragte die junge Frau brüsk.

„Der Tote wohnte früher hier", antwortete Parme.

„Ach was, stand in der Zeitung nicht er sei ein alter mittelloser Mann, illegal sogar? Wie soll der hier gewohnt haben?", bellte die junge Frau zurück.

„Und doch war es so." antwortete Parme unbeirrt. „In welchem Stockwerk wohnen Sie, Frau, wie war gleich Ihr Name?"

„Strubenhort, ich wohne im zweiten Stockwerk, darüber liegt das Dach. Wollen Sie jetzt meine Wohnung sehen und nachschauen, ob es da noch mehr Illegale gibt?" fragte sie sarkastisch.

„Ja, das ist eine gute Idee", antwortete Parme beiläufig.

Leider hatte sie versäumt Frau Brackmaier nach dem Stockwerk zu fragen, in dem die Familie damals gewohnt hatte. Doch das war nachzuholen. Kein Problem. Brisanter war für sie im Moment das Problem, ohne Durchsuchungsbefehl in jede der drei Wohnungen eingelassen zu werden.

Parme ging mit Frau Strubenhort in das Haus hinein. Innen roch es angenehm nach Orangenöl. Das Holzgeländer war noch Original, die Treppenstufen aus Travertin auch. Die Flurfenster waren zum Erdgeschoss hin mit Jugendstil-Bleiverglasungen geschmückt. Das war Parme von außen gar nicht aufgefallen. Überhaupt entsprach das Haus dem typischen schwäbischen Understatement. Von der Straße aus solide aber einfach und von innen mit Aufzug und großbürgerlichem Schnickschnack. Parme war gespannt, was sich in den Wohnungen für Schätze verbargen.

Im zweiten Stock hing ein Ackermann zur Begrüßung. Ein signierter Siebdruck aus seiner blauen Serie, die Parme schon immer liebte. Als Studentin wollte sie sich gerne einen kaufen. Doch damals war es für sie zu teuer. Das entsprach unter finanziellem Gesichtspunkt zwei Monatsmieten inklusive Verpflegung, in Cafés sitzen und studieren. Heute könnte sie es sich eher leisten, doch wann immer sie was aus der Serie sah, war der Preis gestiegen. Egal wie viel sie mittlerweile verdiente, immer wollten die Kunstgaleristen mehr. Gerade so, wie wenn die Wertsteigerung der Bilder sich am Einkommen von Parme orientieren würden.

Frau Strubenhort bat Parme kurz angebunden in ihre Wohnung.

„Und zufrieden was Sie sehen? War es das jetzt?", fragte sie betont genervt.

„Ich würde gerne Ihre Gemälde sehen. Sie haben Kunstverständnis. Draußen ein Ackermann, hier ein Kubinski, dort eine Radierung von Holbein und hier, ein Stuttgart-Bild von *gu rhein*, kenn ich gar nicht. Ein gutes Bild. Ich würde gerne Ihre restlichen Kunstwerke sehen", erwiderte Parme ruhig.

„Sind Sie als Hobby bei der Versicherung tätig? Oder sind Sie als Nebentätigkeit auf Kunstraub spezialisiert? Bitte, schauen Sie halt", antwortete Frau Strubenhort irritiert.

Parme sah sich ruhig um. Sie entdeckte kein Bild von Azargoschasb. In Schränken zu suchen war ihr ohne Durchsuchungsbefehl nicht gestattet. So fand sie nichts was von Interesse für den Fall gewesen wäre. Sie verabschiedete sich, nicht ohne ihre Karte zu überreichen und mit der Aufforderung an Frau Strubenhort sich als potentielle Zeugin jederzeit bei der Polizei zu melden, wenn ihr noch etwas von Bedeutung einfallen sollte.

Parme trat in den Hausflur. Unter ihr lagen zwei Wohnungen, das erste Obergeschoss und das Erdgeschoss. Sollte sie auf der Treppe warten? Parme entschied sich für eine Eckbank, die im großzügigen Eingangsbereich stand. Von dort aus sah sie jeden der das Haus betrat und konnte auch von den Hereinkommenden sofort gesehen werden.

Kurze Zeit später öffnete sich die Haustüre. Herein kam ein Mann mittleren Alters. Er hatte einen beigefarbenen Anzug an. Seine Statur war mittlerer Größe. Er trug eine Aktentasche bei sich.

„Guten Abend, Kriminalpolizei, mein Name ist Parme", eröffnete Parme, bevor der Mann fragen konnte.

„Ja, Abend, was machen Sie hier in meinem Hausflur? Warten Sie auf jemanden?", fragte der Mann zurück.

„Ein ehemaliger Bewohner des Hauses wurde letzte Woche umgebracht. Er liegt tot in der Gerichtsmedizin. Es gibt Hinweise darauf, dass er noch Kontakt hierher hatte. Wie ist Ihr Name bitte?", fragte Parme höflich.

„Wunderlich. Ein Toter? Von diesem Haus ist es keiner, ich habe alle in den letzten Tagen gesehen. Da müssen Sie sich irren. Sie haben wahrscheinlich das Haus verwechselt", entgegnete der Mann unbestimmt.

„Es ist keiner der jetzigen Bewohner, es liegt schon sieben Jahre zurück. Herr Azargoschasb, ein Perser und seine deutsche Familie. Er pflegte damals die ehemalige Besitzerin des Hauses, bis sie starb."

„Das ist meine Tante. Jetzt weiß ich wen Sie meinen. Den Ausländer."

„Kannten Sie ihn?"

„Nicht besonders."

„Was wissen Sie über ihn?"

„Der war soweit ganz in Ordnung. Es fehlte auch nichts, nachdem er auszog. Ist ja keine Selbstverständlichkeit. Er kündigte die Wohnung, nachdem ich die Miete dem Mietspiegel angepasst habe. Vorher zahlten die nur Strom, Wasser und Heizung. Für meine Tante war er da. Nach ihrem Tod, gab es keinen Grund mehr, sie hier umsonst wohnen zu lassen."

„War er danach nochmals bei Ihnen?"

„Wie kommen Sie darauf, er wäre danach nochmal hier im Haus gewesen?"

„Der Tote war Maler. Laut Zeugenaussage wurde er mehrmals mit Bildern beim Betreten des Hauses gesehen", flunkerte Parme.

„Ach ja, ich erinnere mich, da hängt noch so ein Bild von ihm im Abstellraum. Das muss die Tante bekommen haben. Aber bei mir war der nicht."

„Dürfte ich es bitte sehr einmal sehen", fragte Parme sehr freundlich.

„Folgen Sie mir", antwortete er.

Herr Wunderlich öffnete die Tür zum Erdgeschoss. Sie betraten einen großzügigen Flur. Rechts die Garderobe aus Edelstahl, links gegenüber ein Chippendale Tischchen, auf dem ein Telefon stand. Vom Flur gingen zwei Türen ab. Geradeaus sah Parme durch eine Glastür in ein großes Wohnzimmer mit Balkonflügeltüren. Bestimmt ging es von dort direkt in den Garten. Auf dem Boden lag ein großer Teppich. Sie gingen nach links in ein Durchgangszimmer. Dahinter erschien eine weitere Tür und führte zu einer Abstellkammer. Herr Wunderlich öffnete einen Schrank und zog ein Bild heraus. Parme sah es sich an. Es war mit Azar unterschrieben, ohne Jahreszahl. Parme konnte nicht recht erkennen was es darstellen sollte. Es war sehr bunt, mit angenehmen Farben.

„Entschuldigen Sie, mein Kunstverständnis reicht nicht sehr weit. Könnten Sie mir erklären was das darstellt?", fragte Parme.

„Ein expressionistisches Bild. Dabei werden Gegenstände, Menschen, Tiere in ihre Grundstrukturen zerlegt und neu zusammengesetzt. Gefühle finden im Strich, in der Farbe und in der Komposition ihren Ausdruck."

„Was ist das?"

„Das hier ist ein Stillleben. Auf dem Teller befinden sich ein Fisch, eine Gabel und ein Messer. Bevor Sie fragen, ich weiß nichts über einen eventuellen Wert. Der Kunstmarkt hat eigene Regeln. Oft sterben Künstler verarmt und erfahren erst nach ihrem Tod Anerkennung. Manchmal wird ein Künstler zu Lebzeiten verehrt, doch warum weiß niemand", sagte Wunderlich.

„Haben Sie noch mehrere Bilder von Azargoschasb?", fragte Parme.

„Ich weiß es nicht", antwortete Herr Wunderlich abwesend.

„Haben Sie letzte Woche Azargoschasb gesehen?", fragt Parme direkt.

„Nein, ich wüsste beim besten Willen nicht wozu", antwortete Wunderlich kurz angebunden.

„Hier ist meine Karte. Bitte melden Sie sich, wenn Ihnen noch was einfällt. Auch wenn Sie noch ein Bild von ihm finden sollten, rufen Sie mich bitte gleich an. Auf Wiedersehen.", verabschiedete sich Parme.

Diesmal ging Parme auf die Straße hinaus. Sie musste telefonieren. Horst sollte die Personalien des Mannes überprüfen, seinen Beruf und was er finden konnte. Immerhin ein Gemälde des Toten hatte sie aufgestöbert. Parme wollte nochmals in das Zimmer von Azargoschasb. Auch mit dem schwulen Ehepaar musste sie nochmals reden. Vielleicht lies sich das Stillleben mit Fisch zeitlich einordnen?

Doch vorher wartete Parme noch auf die anderen Bewohner dieses Hauses. Ein junges Pärchen kam zwei Stunden später die Straße entlang gelaufen. Die junge Frau hielt die Hand eines Mannes. Beide waren um die dreißig. Parme wartete bis sie zur Haustür gingen.

„Entschuldigen Sie, Kriminalpolizei, Parme ist mein Name. Kennen Sie diesen Mann hier?"

Parme hielt beiden ein Foto vom Toten hin.

„Nein, nie gesehen", antwortete das junge Paar.

„Seit wann wohnen Sie hier?", fragte Parme.

„Ein knappes halbes Jahr. Wir sind aus Berlin hierher gezogen. Wir arbeiten beide an der Medienhochschule in Stuttgart und Ludwigsburg. Wir kennen außerhalb der Uni noch fast niemanden", sagte der junge Mann entschuldigend.

Parme nahm die Personalien beider auf, gab ihnen ihre Karte und erwartete keine weitere Antwort.

Auf dem Weg in den Hallschlag ließ Parme in ihren Gedanken die Bewohner des Hauses Nummer 102 Revue passieren. Sie brauchte für die Wohnung von Herrn Wunderlich, am besten für das ganze Haus einen Durchsuchungsbefehl. Sie hatte so ein Gefühl, dass hier noch mehr aus den Hinterlassenschaften Azargoschasbs zu finden war. Mit mehreren Bildern wäre eine Beziehung des Opfers zu einem der Bewohner dieses Hauses zu beweisen. Sie interessierte weniger die Zeit als die Familie die alte Dame pflegte. Nein, später, nach ihrem Tod, die Person, zu der Azargoschasb nach ihrem Tod noch Kontakt hatte, suchte Parme. Es könnte der Mörder oder die Mörderin sein.

Parme ging die Treppen runter Richtung Türlenstraße. War Azargoschasb auch diesen Weg gegangen? Es lag nahe. Der Weg führte direkt in Richtung Tatort. Es musste auch zu dieser Uhrzeit gewesen sein. Das Wohnviertel war sehr ruhig. Parme traf niemanden auf ihrem Weg. Hinter hohen Hecken hörte sie Rasensprenger arbeiten. Sonst war Stille.

An der Haltestelle Türlenstraße angekommen, stieg Parme in die alte Straßenbahn 15 und zuckelte Richtung Nordbahnhof. Sie stieg aus und ging kurz in ihr Büro. Horst war auch da.

„N' Abend Junge. Wir müssen nochmals in den Hallschlag, in seine Wohnung. Nimm ein Auto, ich komme gleich", sagte Parme und ging in den Waschraum. Sie benetzte das Gesicht mit kaltem Wasser und zog den Lippenstift nach.

Im Auto wartete Horst. Parme stieg ein.

„Mich interessieren die Bilder, die der Tote in der letzten Zeit gemalt hat. Was ist bei deinen Recherchen herausgekommen?", fragte Parme.

„Die Bilder, die ich gesehen habe waren alle sehr hübsch, Blumenbilder oder abstrakte Farbkleckse. Auf was willst du raus, Parme?"

„Ich war heute auf dem Killesberg, in der Straße Haus Nummer 102. Laut Zeugin war Azargoschasb letzten Donnerstagabend ganz in der Nähe des Hauses. Er trug vermutlich ein Bild bei sich. Gehen wir mal davon aus, dass er es verkaufen wollte. Kurz darauf ist er tot. Ich habe ein Bild von ihm beim Besitzer des Hauses, Herrn Wunderlich gefunden. Es war ein Stillleben mit Fisch auf einem Speiseteller und Besteck. War das nun ein altes Bild, das er vor Jahren seiner Vermieterin geschenkt hat oder war es ein neues, das er erst vor kurzem gemalt hat? Hat er es letzte Woche verkauft? Das Bild, das er Donnerstagabend dabei hatte ist weg. Bei der Leiche wurde es nicht gefunden", antwortete Parme trocken.

Horst verstand.

„Ich habe einen Durchsuchungsbefehl beim Staatsanwalt für das Haus beantragt. Noch heute Abend könnten wir da rein. Es wär nicht schlecht, wir hätten was in der Hand", sagte Parme ruhig.

Na, super, das hört sich nach einer verdammt langen Nacht an. Horst verzog das Gesicht. Er wollte eigentlich Fußball gucken.

Im Hallschlag angekommen, klingelten sie bei dem schwulen Paar. Ein adretter Mann in Leinenhosen und offenem weißem Hemd öffnete. Der Abend war lau und empfahl leichte Kleidung.

„Guten Abend, wir müssten nochmals Azargoschasb Zimmer sehen. Es wäre nett, wenn Sie sich gleich etwas Zeit für uns nähmen", sagte Parme kurz angebunden.

„Hoppla, na dann kommen Sie mal rein. Ich heiße Darko und habe schon von Ihnen gehört. Dann leg' ich mal ein paar Bierchen ins Eisfach."

10

Parme und Horst betraten grinsend das Haus. Beide hatten nichts gegen ein kühles Bier an einem lauen Sommerabend. Das schwule Ehepaar stand nicht auf der Liste der Verdächtigen. Die Personalien und ihre Alibis zur errechneten Tatzeit waren überprüft worden und in Ordnung.

Das Zimmer von Azargoschasb war unberührt geblieben. Das Siegel war noch ganz. Eine dünne Staubschicht hatte sich abgesetzt. Parme und Horst machten sich gleich an die Arbeit und sortierten die Bilder.

„Horst, ich sehe zwei Arten von Bildern. Liebliche Landschaftsbilder und diese imposanten abstrakten Kompositionen. Das Material ist verschieden. Die Landschaften sind mit Wasser-

oder Aquarellfarben gemalt und recht klein. Gerade mal DIN A4, keines ist größer. Der Pinselstrich ist fein. Dagegen sind die expressionistischen Bilder eine Mischung aus Öl- und Acrylfarben, so richtig fett aufgetragen. Keines davon ist unter einem halben Quadratmeter klein. Das sind große auffällige Bilder. Was ist jetzt von wann? Darko muss uns helfen.

Darko, können Sie kurz mal kommen?", rief Parme wie selbstverständlich.

„Ah, Sie begutachten seine Bilder. Wie kann ich Ihnen dabei helfen?", fragte Darko.

„Wir versuchen herauszubekommen was für Bilder Azargoschasb wann gemalt hat. Welche Gemälde sind alt und welche neu? Wissen sie das?"

„Das ist nicht einfach. Je nach Laune wurden es zarte Landschaftsmalereien oder kräftige große Powerbilder. Man kann sie zeitlich nicht einordnen."

„Gibt es ein Motiv, das er zuletzt bearbeitet hat?"

„Ja, hier seine letzten Bilder sind diese da. Das Motiv der Fische hat ihn in letzter Zeit sehr beschäftigt. Fische in jeder Art, im Wasser, im Fischernetz, auf dem Markt, im Einkaufsnetz, im Restaurant, angerichtet auf dem Teller, im Müllsack."

„Warum Fische?"

„Fische bedeuten in seiner Kultur Fruchtbarkeit, Zufriedenheit, Gastfreundschaft und Glück."

„Und die Landschaftsbilder?"

„Die Landschaftsbilder malte er seltener. Mein Eindruck war, er malte sie für zwei alte Damen. Hin und wieder verkaufte er eins", antwortete Darko.

„Ich habe ein Stillleben von ihm gesehen. Ich erkannte darauf nichts Genaues. Der Besitzer erklärte mir dann den Inhalt: ein Fisch, eine Gabel und ein Messer angerichtet auf einem Teller. Wissen Sie wann er das gemalt hat?", fragte Parme mit geröteten

Wangen.

„Auf den Tag genau kann ich es nicht sagen. Aber es ist im Zeitraum der letzten zwei Monate entstanden. Vorher waren Fische kein Motiv das mir aufgefallen wäre", antwortet Darko amüsiert.

Darko schien die leichte Aufregung in Parmes Gesicht wahrgenommen zu haben. Auch Horst sah Parme fragend an.

„Lasst uns jetzt die Bierchen trinken, bevor sie platzen. Die Nacht wird lang und eine kleine Stärkung kann uns nicht schaden, was, Horst?", sagte Parme munter.

Parme hatte gefunden wonach sie gesucht hatte. Das Fische-Motiv konnte natürlich auch älter sein. Vielleicht hatte Azargoschasb früher schon gerne Fische gemalt. Der Zufall wollte es aber, dass sie heute erst eines davon gesehen hatte und dass Azargoschasb letzte Woche auf dem Killesberg gesehen worden war. Dies war juristisch kein eindeutiges Indiz, aber hier wollte sie ansetzen.

„Kommen Sie weiter mit dem Mord?", fragte Darko unsicher ob seine Frage nicht zu kumpelhaft war.

„Ja, so langsam, Details können wir Ihnen aber nicht verraten. Doch vielleicht können sie uns weiterhelfen. Haben Sie eine Idee wie Azargoschasb an Geld kommen wollte? Wir wissen, dass er darüber nachgedacht hat. Können Sie sich vorstellen, was er vorgehabt hat?", fragte Parme.

„Geld und Azargoschasb das sind zwei sich widersprechende Dinge, wie der Teufel und Weihwasser. Seit ich ihn kenne, seit über drei Jahren war Geld kein Thema. Es belastete ihn nicht, er sprach nicht darüber, er hatte keines und er brauchte keines. Gut seine Lebensversicherung und hier und da ein Verkauf seiner Bilder aber keine großen Summen. Er war ein bescheidener Mann, der mit wenig zurecht kam."

„Wie konnte er Arztrechnungen bezahlen?"

„Unvorhersehbare Dinge regelte er über Bekanntschaften, die er noch hatte. Einmal bereitete ihm ein Zahn große Schmerzen. Der musste behandelt werden und mit einer Krone wiederhergestellt werden. Die Rechnung bezahlte jemand anderes. Ich dachte immer der alte Mann hat viele Freunde, die ihm wenn es drauf ankommt helfen, wenn er den Bogen nicht überspannte", erzählte Darko.

„Hatte er was in der Hand, eine Reserve, ein Notfalldepot, irgendwas?", fragte Parme energisch.

„Azargoschasb erzählte uns mal, dass er früher schöne wertvolle Teppiche verkauft hat. Er kam darauf, als er hier bei uns einzog. Unser Wohnzimmer wurde damals renoviert und der kalte Boden beschäftigte uns. Azargoschasb schwärmte von Perserteppichen und wie gut einer hier reinpassen würde. Da erwähnte er, dass sich vielleicht noch was ergeben könnte. Ich habe damals nicht weiter nachgefragt. Vielleicht hat es was damit zu tun?", mutmaßte Darko.

„Hatte er noch Teppiche?"

„Nein, ich meine Azargoschasb war ein grundehrlicher Mensch, aber er war auch Perser. Ich könnte mir schon vorstellen, dass er damals ein paar schöne Stücke vor dem Finanzamt versteckt hat. Sollte das etwa der Grund sein ihn umzubringen?", erwiderte Darko ernst.

„Das wissen wir nicht. Der Sache mit den Teppichen müssen wir aber nachgehen. Ist hier im Hause einer von ihm?," fragte Parme.

„Nein", antwortete Darko bestimmt.

„Das müssen wir überprüfen. Sie entschuldigen bitte", sagte Parme, stand auf und ging durch die Zimmer.

Als sie zurück kam trank sie ihr Bier aus. Es hatte gut getan. Einen Perserteppich hatte sie nicht gefunden. Parme und Horst sahen sich an. Beide hatten noch eine lange Nacht vor sich. Die

Durchsuchung vom Haus Nr. 102 auf dem Killesberg! Der Durchsuchungsbescheid musste jetzt im Büro vorliegen. Parme hatte gedrängt, wegen Gefahr durch Vernichtung von Beweismitteln. Sie wussten jetzt, wonach sie zu suchen hatten.

„Danke, Darko. Danke für das Bier, wir revanchieren uns bei Gelegenheit. Einen schönen Abend noch", grüßten Parme und Horst und verließen das Haus.

11

Vom Wagen aus telefonierte Parme mit Frau Brackmaier und erfuhr, dass die Familie damals im ersten Stock wohnte. Unten lebte die pflegebedürftige alte Dame. Die Wohnung oben stand leer.

Horst holte den Durchsuchungsbefehl für Wunderlichs Wohnung ab. Parme orderte den Durchsuchungstrupp an. Die fünf Jungs kamen kurz darauf über den Hof der Dienststelle. Ausgerüstet mit Koffern und Staubmasken. Aus einer Jackentasche baumelte ein Paar Sicherheitshandschuhe. Gemeinsam fuhren sie los. Parme und Horst im ersten Wagen, gefolgt vom Bus der Spezialtruppe. An der Kreuzung vor dem Bürgerhospital mussten sie kurz warten. Ein Krankenwagen mit Blaulicht fuhr von rechts über die rote Ampel.

Auf dem Weg hinauf zum Killesberg dachte Parme an Azargoschasb. Ein alter Kiffer. Wie er dalag, mitten im alten Güterbahnhofsgelände. Bekleidet mit seinem sauberen uralten Anzug. Würdevoll aber auch etwas armseelig. Seine beiden netten Töchter. Seine geschiedene Ehefrau, die ein anderes Leben führen wollte, allein mit ihren Töchtern. Parme atmete tief durch. Wunderlich war ihr unsympathisch. Ein Erbe, der keine Gelegenheit ausließ, sein Vermögen zu vergrößern, der nichts verkommen ließ. Er war für Parme ordinär, so gewöhnlich wie die meisten Menschen. Erhöhte die Miete und entledigte sich damit der Familie, die seine Tante gepflegt hatte. Vermutlich hätte Parme sogar ähnlich gehandelt mit einem geerbten Haus in dieser Lage. Sie zuckte mit den Schultern. Sie durfte nicht ungerecht werden.

An der Adresse angekommen, fanden beide Fahrzeuge sofort einen Parkplatz. Parme stieg zuerst aus und klingelte.

Herr Wunderlich öffnete und sah an Parme vorbei auf die Straße. Ihm war sofort klar, was dieser Aufmarsch zu bedeuten hatte und fragte wonach man in einer solchen Situation eben fragt: „Haben Sie einen Durchsuchungsbefehl?"

Parme zeigte ihm das Papier, unterschrieben vom zuständigen Staatsanwalt. Sie nickte nach hinten und die sechs Männer gingen an ihr vorbei zu der geöffneten Wohnungstür. Parme ging mit Wunderlich hinterher. Sie schloss die Türe. Im Esszimmer nahmen sie auf hohen dunklen Rokoko-Stühlen Platz.

„Wir suchen einen Beweis für die Anwesenheit von Azargoschasb in Ihrer Wohnung", sagte Parme.

„Den habe ich doch schon gezeigt, das alte Bild, aus der Erbmasse meiner Tante. Hätte ich auch gleich wegschmeißen können das Geschmiere."

„Haben Sie noch mehr Bilder von ihm?"

„Was wollen sie hier überhaupt? Ist das in ihrem Beruf üblich, rechtschaffende Leute zu belästigen und in ihren Sache rumzuwühlen?"

„Antworten Sie mir bitte."

„Wo bleibt mein Recht auf Unversehrtheit der Privatsphäre? Steht sogar im Grundgesetz. Da bin ich einmal im Leben sentimental und gleich rückt der Staatsschutz an."

Parme blieb ruhig und schaute Wunderlich in die Augen.

„Ich rufe jetzt meinen Rechtsanwalt an. Der wird Ihren Übermut schon zu bremsen wissen."

„Bitte sehr, tun Sie das", antwortete Parme gelassen.

„So ein alter abgewrackter Mann, der auch noch von Hartz IV gelebt hat, also auch auf meine Kosten, gibt Ihnen noch lange nicht das Recht mich zu verdächtigen. Haben Sie keine bessere Verwendung für meine Steuergelder? So eine Frechheit."

„Rufen Sie Ihren Anwalt an. Wir suchen einen Beweis, der uns eine Verbindung zwischen Ihnen und Azargoschasb aufzeigt. Wir nehmen, Ihr Einverständnis vorausgesetzt, für kurze Zeit Ihre Gemälde und Teppiche mit."

„Wozu?"

„Unsere Experten müssen sich ein Urteil bilden."

„Und dann?"

„Haben Sie noch Unterlagen, die den rechtsmäßigen Erwerb der Sachen belegen können?", fragte Parme lapidar.

Wunderlich stand wortlos auf und ging ans Telefon. Derweil trugen zwei Männer des Durchsuchungstrupps die Teppiche und Gemälde aus der Wohnung in den Bus. Der Rest der Mannschaft fotografierte, suchte nach Fingerabdrücken und nahm die Schränke auseinander. Parme waren solche Aktionen unangenehm. Sie versuchte sich meist fernzuhalten. Zu ihrer Ausbildung gehörten zwei Monate, in denen sie fremde Wohnungen auf den Kopf stellen mussten. Sie hatte das peinliche Gefühl, das sie damals beschlich, solange sie in privaten Sachen anderer herumwühlen musste, nicht vergessen. Deshalb hatte sie Mitleid mit den Jungs. Endlich waren sie mit ihrer Durchsuchung fertig.

„Herr Wunderlich, wir nehmen Sie jetzt mit zum Verhör aufs Kommissariat Nordbahnhof. Geben Sie Ihrem Rechtsanwalt Bescheid."

Parme gab Horst ein Zeichen. Mit Herrn Wunderlich in der Mitte verließen sie kurz darauf die Wohnung und gingen zum Auto. Parme nahm hinten neben Herrn Wunderlich Platz. Die Fahrt über wurde kein Wort gesprochen. Im Revier angekommen, führte Parme Wunderlich in ihr Büro. Parme räumte mit einem

Griff die Akten, die auf dem Besucherstuhl lagen, weg.

„Bitte setzen Sie sich. Möchten Sie etwas trinken oder essen? In der Nachbarschaft gibt es eine Dönerbude."

Wunderlich winkte entsetzt ab, bestellte sich dann aber ein Mineralwasser.

„Horst kannst du bitte ein Wasser, ein Ayran und zwei Bier besorgen?", rief Parme durchs Büro.

Allein mit Wunderlich im Zimmer lehnte sich Parme in ihrem Schreibtischstuhl zurück. Die Arme verschränkte sie hinter dem Kopf. Die Schreibtischlampe ließ sie in ihrer Position. Parme hielt wenig von dem alten Trick mit der Lampe. Sie fand ihn blöd. Sie schaute Wunderlich wortlos an. Er versuchte es, sich auf seinem Stuhl bequem zu machen und bemühte sich, einen lässigen Ausdruck zu vermitteln. Fünf Minuten lang wurde kein Wort im Zimmer gesprochen. Er machte einige Male Anzeichen, sich zu beschweren, begnügte sich aber immer mit dem Satz: „Wenn erst mal mein Rechtsanwalt da ist, werden Sie schon sehen was Sie davon haben."

Horst kam zurück und war in Begleitung von Rechtsanwalt Dr. Zimmer. Wunderlich erhob sich von seinem Stuhl, ging auf ihn zu und sagte: „Endlich sind Sie da. Können Sie dem Ganzen hier mal ein Ende machen?"

Dr. Zimmer ließ sich von Parme den Durchsuchungsbefehl zeigen.

„Ist das die erste offizielle Vernehmung meines Mandanten?"

„Ja."

„Dann muss ich Sie darauf aufmerksam machen, dass, solange kein Haftbefehl gegen meinen Mandanten vorliegt, ich der Vernehmung beiwohnen werde."

„Wir haben Anhaltspunkte für einen Mordverdacht. Wenn Sie es darauf anlegen wollen, dass Ihr Mandant die nächsten Tage im Untersuchungsgefängnis verbringt, bitte sehr. Der zuständige

Staatsanwalt ist noch im Hause. Er weiß Bescheid und im Handumdrehen haben wir einen Haftbefehl ausgestellt auf Herrn Wunderlich."

Der Rechtsanwalt sah Parme scharf an.

„Ich würde vorschlagen, ich unterhalte mich allein in aller Ruhe mit Herrn Wunderlich und danach geht er erst mal wieder nach Hause in sein eigenes Bett. Anderenfalls ist es ein offizielles Verhör, dem Sie beiwohnen und er wird eben verhaftet und schläft hier", sagte Parme an den Rechtsanwalt gewandt.

Parme und Horst verließen das Büro. Dr. Zimmer beriet sich derweil mit seinem Mandanten. Als Parme und Horst wenige Minuten später wieder eintraten, saß Wunderlich mit gesenktem Kopf da und Dr. Zimmer sagte an Parme gewandt: „Mein Mandant stimmt zu, ohne Haftbefehl, als freier Mann mit Ihnen zu sprechen. Ich empfehle mich und erwarte zum Ende der Unterredung über die Lage meines Mandanten informiert zu werden."

Als der Rechtsanwalt gegangen war, ließ sich Parme in ihren Schreibtischstuhl plumpsen.

„So und nun zu uns Herr Wunderlich. Wann hatten Sie das letzte Mal Kontakt mit Azargoschasb?"

„Weiß ich nicht mehr", antwortete Wunderlich.

„Wir haben eine Zeugin, die Azargoschasb erst vor ein paar Tagen in der Nähe Ihres Hauses gesehen hat. Er trug ein Bild unter dem Arm. Eben so ein großformatiges Bild aus der Serie, wie Sie es mir gezeigt hatten. Er bearbeitete das Motiv der Fische erst seit einigen Monaten. Was wollte er von Ihnen?", log Parme.

„Na was wohl? Er wollte es mir verkaufen. Ich kaufte es ihm für 200 Euro ab, ohne Quittung", gestand Wunderlich ein.

„Kam er oft zu Ihnen?"

„Azargoschasb kam seit dem Tod meiner Tante sporadisch zu mir und bot mir seine Bilder an."

„Und Sie kauften ihm welche ab?"

„Ja, mein Gott, ist das so schlimm? Klar hatte ich ein wenig Schuldgefühle ihm gegenüber, nachdem ich der Familie die neuen Mietkosten vorsetzte."

„Wieso?"

„Ich wusste schon, dass sie es sich nicht leisten konnten. Etwas war ich der Familie auch zu Dank verpflichtet."

„Warum denn?"

„Sie waren die einzigen, die sich um meine Tante kümmerten und sie versorgten. Daher kaufte ich ihm hin und wieder Bilder ab, für lächerliche Beträge."

„War er damit zufrieden?"

„Azargoschasb freute sich und machte, soweit ich weiß, seinen Töchtern mit dem Geld eine Freude."

„Das war alles?"

„Ja. So war doch allen gedient. Ich weiß nicht was das mit einem Mord zu tun haben soll?", sagte Wunderlich.

„Das werden wir noch sehen. Warten wir ab, was die Hausdurchsuchung an Ergebnissen bringt. Ich danke ihnen für heute und wünsche eine geruhsame Nacht, Herr Wunderlich. Ich sage Ihrem Rechtsanwalt Bescheid, dass Sie jetzt nach Hause gehen können", antwortete Parme und hielt ihm beim Hinausgehen die Tür auf.

„Horst, du musst morgen die Befragungen der Anrufer organisieren. Ich habe sie alle auf neun Uhr herbestellt. Nimm dir die Meyersche dazu", instruierte Parme müde ihren Kollegen. Danach löschte sie das Licht und ging nach Hause.

12

Am anderen Morgen ging Parme ins Gerichtsmedizinische Institut. Dort befanden sich die beschlagnahmten Wertgegenstände und Bilder. Herr Meister, der Polizeiexperte für Teppiche, kam auf

Parme zu. Herr Meister war ein jüngerer Kollege, der sich noch mit Begeisterung an die Arbeit machen konnte. Wohl trieb ihn auch der Ehrgeiz an, sein Wissen zu testen und mit seinen Fachkenntnissen imponieren zu können.

„Guten Morgen, Parme. Da hast du mir ein paar schöne Teppiche mitgebracht. Drei davon sind durchweg von guter Qualität. Aus Baumwolle und Schurwolle. Diese Perserteppiche sind einknotig geknüpft. Es gibt doppelt so viele Knoten als bei türkischen Teppichen. Deshalb sind die so dick. Das hier, schau mal, ist das Botehmotiv. Nachempfunden einer Mandel, ein klassisches Teppichmotiv. Jeder dieser Teppiche hat einen Wert um die 2000 Euro. Ganz ordentlich, aber davon findest du Exemplare in vielen Wohnungen. Die meisten Teppiche werden heutzutage maschinenunterstützt hergestellt. Das macht sie billiger.

Der hier ist allerdings was anderes: Ein Kaschan. Schau dir diese feine Arbeit an. Das ist reine Seide, handgeknüpft von kleinen zarten Kinderhänden. Die Fäden sind so fein, dass die meisten Erwachsenen zu grobe Finger für die Herstellung solch filigraner Teppiche haben. Fass ihn mal an. Spürst du die Seide? Die Seide kommt aus heimischer Seidenproduktion. Kashan, woher die Kaschanteppiche stammen, liegt im Iran. Früher zogen Karawanen durch die Stadt. Kashan liegt westlich einer großen Salzwüste. Deren Teppiche sind strapazierfähig. Alte Teppiche mit der Qualität findest du in westlichen Museen. Unser Teppich ist allerdings nicht so alt, ist aber doch schon ein kleines Vermögen wert. Ich schätze unter 37.000 Euro bekommst du so ein Exemplar nicht."

„Uh, das ist erstaunlich. Schön ist der Teppich ja. Die Farben sind sehr harmonisch. Ein sattes Rot. 37.000 Euro sagst du? Das ist doch was", meinte Parme.

„Da kommt Horst, er weiß vielleicht schon näheres zu den Bildern und den anderen Teppichen", sagte Parme.

„Kommt setzt euch, ich hole uns Kaffee", forderte Herr Meister Parme und Horst zum Bleiben auf.

Da sagten sie nicht nein.

„Leg los Horst, was hast du in Erfahrung gebracht?" fragte Parme gespannt.

„Es gab mehrere Bilder. Die Kollegen von der Spurensicherung haben sie auf dem Dachboden gefunden. Sie waren alle in einer Kiste zusammengestellt. Die Bilder sind ein Abbild von den Bildern, die wir in Azargoschasb Zimmer gefunden haben. Eindeutig neu ist nur das Bild, das Herr Wunderlich dir in seiner Wohnung gezeigt hat. Er hatte wohl noch keine Zeit gefunden ‚es auf den Dachboden zu bringen. Die Befragungen der Anrufer haben meiner Meinung nach nichts Neues ergeben. Ehemalige Nachbarn, Käufer von Bildern. Frau Meyer tippt im Moment die Protokolle ab und lässt sie von den Zeugen unterschreiben", sagte Horst.

„Hat Wunderlich am Mord-Tag ein Bild für 200 Euro gekauft? Wir haben bei Azargoschasb keine 200 Euro gefunden. Das muss aber nichts heißen. Er kann es verloren haben. Es kann ihm gestohlen worden sein, seine Leiche lag einen Tag lang in dem Gelände. Hat sich die Sitte gemeldet?"

„Nein, ich geh da nachher mal vorbei", antwortete Horst.

„Mal sehen, ob Herr Wunderlich seine Quittungen heute findet. Als mögliches Motiv für Azargoschasb, Wunderlich aufzusuchen, sehe ich den Teppich hier. Ein Kaschan, Wert um die 37.000 Euro, meint unser junger Experte hier. Das wäre das Grundkapital für ein eigenes Tattoo-Studio. Vergessen wir nicht, Azargoschasb wollte für seine Tochter das Startkapital organisieren. Vielleicht ist der Kaschan der Schlüssel dazu", überlegte Parme laut.

„Wie willst du das beweisen? Der wird alles abstreiten. Wenn es so wäre, dann wäre der Teppich aus der Konkursmasse und Azargoschasb hätte ihn am Finanzamt vorbeigemogelt. Auch Frau Brackmaier wird nichts von diesem Teppich wissen wollen", sagte

Horst.

„Die Kollegen vom Zoll und von der Steuer hatten nichts gefunden. Dann beweise das mal Jahre später", überlegte Parme.

„Ja, das ist vermutlich gar nicht so schwer. Teppiche dieser Qualität werden im Iran dokumentiert. Solche Stücke können im Laufe der Jahre an Wert gewinnen und auf internationalen Auktionen gehandelt werden", freute sich Meister der Kommissarin weiterhelfen zu können.

Parme und Horst sahen ihn an.

„Da hat jeder Teppich seine Papiere, in denen der jeweilige Besitzer festgehalten wird. Ich will damit sagen, solche Teppiche findest man nicht irgendwo auf der Straße beim Sperrmüll oder in Dachstuben. Der letzte offizielle Besitzer von dem Teppich ist verzeichnet. Um ihn zu ermitteln, solltet ihr Kontakt zum iranischen Wirtschaftsministerium aufnehmen. Am besten über die Botschaft in Berlin, wenn deren Konsulat wegen dem Atomstreit nicht geschlossen hat", sagte der junge Kollege.

Parme und Horst schauten Meister respektvoll nickend an.

„Danke Kollege, der Kaffee hat sich mal gelohnt", sagte Parme anerkennend.

Parme und Horst verließen die Gerichtsmedizinische Abteilung und gingen ins Hauptgebäude, in dem sich ihre Büros befanden.

„Ich kläre das mit dem Teppich. Und du, Horst, nimmst dir einen Kollegen und beschattest Wunderlich die nächsten 48 Stunden. Gunther, der Neue, kann als Dritter mit. Ich will alles wissen. Keinen Schritt mehr macht mir Wunderlich, ohne dass wir Bescheid wissen. Keine verdeckte Ermittlung, ganz normal. Er kann euch ruhig bemerken. Das schadet nichts. Im Gegenteil, der soll nur wissen, dass wir nicht locker lassen. Das mit der Sitte erledigen wir später,", gab Parme Horst Anweisungen.

Parme schloss ihre Tür und setzte sich auf die Schreibtischkante. Einen Fuß ließ sie baumeln.

„Das wäre ja der Hammer, der Steuer jetzt noch was vor die Nase zu halten", brummelte Parme vor sich hin.

Parme kannte einige von der Steuer. Manche von denen führten sich schon wie die Geier auf, kleinkariert, überkorrekt. Spürnasen eben, dass denen ein solcher Teppich durch die Lappen gegangen sein soll, fand Parme schwer vorstellbar. Sie schwang sich von ihrem Schreibtisch herunter, holte den Zettel mit der Kennnummer des Teppichs aus ihrer Hosentasche heraus und ließ sich mit der iranischen Botschaft in Berlin verbinden.

„Guten Tag, hier ist die Iranische Botschaft. Momentan ist die Botschaft geschlossen. Bitte wenden Sie sich an unsere direkte Vertretung in Teheran. Ansprechpersonen in deutscher Sprache finden Sie unter folgender Telefonnumm...", Parme legte genervt den Hörer auf. Und wählte die Nummer ihres Mannes.

„Hallo! Wie geht's dir? Hast du viel Arbeit?", fragte Parme

„Danke der Nachfrage. Schön dass du anrufst. Was gibt's?"

Stille.

„Komm erzähl? Ich kenn dich doch. Du rufst doch nicht einfach so an?", antwortete Parmes Mann belustigt.

„Ach du. Kennst du mich so gut oder hast du den Beruf verfehlt? Du hast Recht. Neulich morgens beim Frühstück hast du mit deinen guten Kontakten zu iranischen Geschäftsleuten geprahlt. Die bräuchte ich jetzt. Die iranische Botschaft ist geschlossen, vermutlich wegen dem Streit um den Bau des Iranischen Atomkraftwerks. Meinst du, du kannst mir einen Kontakt herstellen?", fragte Parme zuckersüß.

Ihr Mann lachte und sagte: „Komm doch gleich bei mir vorbei, dann schauen wir mal."

„Danke, bis gleich!", rief Parme in den Hörer und legte auf.

Da Horst auf Posten stand, nahm Parme ein Taxi. Am Büro ihres Gatten angekommen stieg sie aus. Er kam ihr entgegen und nahm sie in die Arme.

„Was gibt's meine Kommissarin, womit kann dir dein dich liebender Gebrauchtwagenhändler helfen?", begrüßte sie ihr Mann.

„Es geht um einen Teppich. Hier ist seine Nummer, er hat ein Zertifikat. Es ist ein Seidenteppich aus Kashan, ein Kaschan. Ein wertvolles Stück. Wie ich erfahre habe, werden alle Teppiche dieser Klasse registriert. Ich muss den letzten offiziellen Besitzer wissen. Schaffst du das?", fragte Parme.

„Ich kann es probieren. Es muss bestimmt schnell gehen, oder, wenn du extra deshalb während deiner Dienstzeit herkommst? Im Iran ist es jetzt halb fünf, das ist eine gute Zeit. Die heiße Mittagszeit ist vorbei. Komm leg dich solange auf die Couch und entspann dich erst mal oder schlaf ein wenig. Ich weck dich wenn ich was weiß. Versprochen", sagte ihr Mann und löste die Umarmung, um Parme in sein Büro zu führen.

„Ich liebe dich. O.k. Du Bescheid-Wisser. Einen Kuss und ich schlafe ein", sagte Parme.

Parme setzte sich auf das gemütliche Sofa und dachte kurz an Horst. Mit leicht schlechtem Gewissen legte sie sich beruhigt auf die Seite.

Mit Kaffeeduft in der Nase wachte Parme auf. Ihr Mann saß am Rande der Couch. Parme richtete sich auf und lächelte.

„Danke, das hat gut getan. Hast du was rausgekriegt über den Besitzer des Teppichs?", fragte Parme Kaffee schlürfend.

„Der Teppich ist 1987 hergestellt worden. Ein recht neues Stück. Sein derzeitiger rechtmäßiger Besitzer heißt Saleh Nazar. Er kaufte den Teppich in Teheran auf dem Bazar von einem gewissen Ali Moschag offiziell für umgerechnet 18.500 Euro. Saleh Nazar ist ein erfolgreicher Teppichgroßhändler aus Berlin. Zur Zeit des kalten Krieges machte er gute Geschäfte. Hier ist seine Adresse", sagte ihr Ehemann.

„Danke, mein Schatz", seufzte Parme und wählte die Nummer

der Taxizentrale.

„Zum Nordbahnhof bitte", instruierte Parme den Taxifahrer.

Am Nordbahnhof angekommen, ging Parme zuerst ins Büro der Meyerschen. Sie beauftragte Frau Meyer alles über Saleh Nazar herauszubekommen, alles was sie finden konnte. Auch über Verwandtschaftsverhältnisse wollte Parme alles wissen. Dann ging Parme in ihr Büro. Sie telefonierte mit Frau Brackmaier und erfuhr, dass sie Saleh Nazar nicht kannte. Der Name des Geschäftspartners Azargoschasbs fiel ihr im Augenblick auch nicht ein, sie versprach aber zurückzurufen. Parme telefonierte nochmals mit der Meyerschen. Sie sollte auch ein Foto von Saleh Nazar und seiner Familie besorgen. Eine halbe Stunde später lagen die Informationen und ein Gruppenfoto, aufgenommen bei einer Hochzeit, auf Parmes Schreibtisch. Sie rief nochmal bei Frau Brackmaier an.

„Frau Brackmaier, ich muss Sie bitten herzukommen und sich ein Photo anzusehen. Ja, es ist wichtig. Haben Sie den Namen des jungen Verwandten aus Teheran, der Ihrer Familie die Teppichpracht beschert hat? Wie? Bitte buchstabieren Sie. Aberschah? Danke. Bis gleich", sagte Parme und legte den Telefonhörer auf.

Frau Brackmaier klopfte zwanzig Minuten später an Parmes Büro.

„Kommen Sie herein. Schauen Sie sich bitte dieses Foto an, erkennen Sie jemanden darauf?"

„Nein."

„Schauen Sie es sich bitte genau an."

„Nein. Ich erkenne niemand. Es ist alles so lange her. Seit Jahren habe ich keinen Kontakt mehr mit Azargoschasbs Verwandtschaft. Nur eine Schwester von ihm besucht uns hin und wieder, wenn sie beruflich in Stuttgart zu tun hat."

„Ist die auf dem Foto?"

„Nein. Hier der junge Mann vielleicht. Das könnte Aberschah sein, der so überstürzt abreisen musste. Beschwören kann ich das aber nicht", entschuldigte sich Frau Brackmaier.

„Kommen Sie doch mal mit", forderte Parme Frau Brackmaier auf.

Sie gingen in die Asservatenkammer und ließen sich von Herrn Meister den Kaschan zeigen.

„Kennen Sie diesen Teppich?"

Frau Brackmaier lachte.

„Für mich ist einer wie der andere."

„Kennen Sie Herrn Nazer Saleh?"

„Nein, das haben Sie mich schon gefragt, wer ist das?"

„Ein Teppichgroßhändler aus Berlin. Ihm gehört dieser Teppich."

„Sagt mir nichts."

„Gut, das war es auch schon. Ich begleite Sie hinaus."

Parme war unzufrieden. Sie hatte sich einen Zusammenhang erhofft. Log Frau Brackmaier? Wegen der illegalen Steuerhinterziehung?

Sie telefonierte ein drittes Mal mit der Meyerschen.

„Frau Meyer, können Sie mir alle Daten über einen Herrn Aberschah zusammenstellen, die uns vorliegen? Er war vor einigen Jahren auf Visa in Stuttgart und reiste vermutlich ordnungsgemäß aus."

„Ist er ausgereist oder nicht, Chefin? Ich schau mal was ich mit solchen ungenauen Angaben finden kann."

Parme zuckte zusammen. Was war denn das? Mit der Meyerschen hatte sie noch nie ein sonderlich gutes Verhältnis. Eine Büromaus, deren Leben hinterm Computer ablief. Sie verkörperte für Parme die oberflächliche technisch ausgeprägte neue Welt. Schwarz oder weiß, ja oder nein. Das war alles. Keine Zwischentöne oder Schattierungen. Das störte nur. Kein Tiefgang, keine gefühlsmäßigen Erkenntnisse. Polizeiarbeit rein rechnerisch. Der Mensch wird auf Zahlen reduziert. Gut, sie sah ganz ordentlich aus. Gut gebaut, wie man so sagte, aber sonst?

Parme war überzeugt, dass dieser Generation Mensch, das Warum einer Tat, das persönliche Schicksal, das hinter einem Mord steckte, recht egal war. Indizien, Fakten, der Erfolg zählte. Wie die Lebenshintergründe waren, wie die beteiligten Menschen fühlten, was sie empfanden, das war denen doch einerlei. Parme ging schlechtgelaunt zum Essen.

13

Nach dem Essen ging Parme in die nächste Kneipe und bestellte sich ein Bier.

Eine halbe Stunde später telefonierte sie aus ihrem Büro mit dem Büro von Herrn Nazar.

„Verbinden Sie mich bitte mit Herrn Saleh Nazar."

Am anderen Ende wurde getuschelt.

„Ja hier Nazar? Wer sind Sie?"

„Parme von der Kriminalpolizei Stuttgart."

Es entstand eine kleine Pause.

„Was wollen Sie von mir?"

„Wir haben einen Teppich, der Ihnen gehört. Einen Kaschan, die genauen Daten faxe ich Ihnen gleich durch. Wir wüssten gerne, wie er in eine Wohnung in Stuttgart gekommen ist."

„Faxen Sie die Daten, in einer halben Stunde weiß ich mehr."

„Gut, bis dann, auf Wiederhören", sprach Parme in den Hörer und legte auf.

Parme ging zum Faxgerät und schickte Herrn Nazar die Kenndaten des Teppichs durch. Derweil brachte Frau Meyer die Daten über Aberschah. Es war ein junger Mann von 28 Jahren, legaler Aufenthalt seit achtzehn Jahren in Deutschland. Wohnhaft in Berlin-Schöneberg. Arbeitgeber Teppich Import-Export Nazar in

Berlin-Mitte.

„Der war seit achtzehn Jahre nicht mehr im Iran. Die Ausländerbehörde hat keinen Ausreiseantrag im Computer", sagte Frau Meyer überkorrekt.

„Danke, für die Daten. Ich bin Ihnen was schuldig", erwiderte Parme süßlich, hatte aber keine Lust näher darauf einzugehen.

Das Telefon klingelte.

„Hier Nazar. Der Teppich ist von mir."

„Wie kommt er nach Stuttgart?"

„Marketing, Anreiz zum Verkaufen."

„Wie meinen Sie das?"

„Ein entfernter Verwandter Herr Azargoschasb erhielt meine Teppiche etwas unter Ladenpreis. Er verkaufte sie mit einem Gewinnaufschlag weiter."

„Wusste Herr Azargoschasb davon, dass er Ihre Teppiche verkauft hat?"

„Nein, er tat wohl meinem Neffen einen Gefallen."

„Warum?"

„Weiß ich nicht."

„Herrn Aberschah?"

„Ja?"

„Wie hat Herr Azargoschasb es herausgefunden?"

„Durch einen Anruf im Iran. Er fragte nach meinem Neffen und bekam zur Auskunft, dass er bei mir in Berlin arbeitet."

„Wann war das?"

„Vor einiger Zeit."

„Wieso steht Ihr Name im Register?"

„Die Originalpapiere hat Azargoschasb. Er hat sich wohl nicht eintragen lassen. Warum er das noch nicht getan hat, kann ich Ihnen nicht sagen. Warum fragen Sie mich? Ist was mit Azargoschasb geschehen?"

„Er ist tot. Ermordet. Den Teppich fanden wir in einer fremden Wohnung. Von den Papieren gibt es keine Spur."

Es entstand eine kleine Pause am Telefon.

„Das tut mir leid. Verkauft hat er den Teppich bestimmt nicht. Ohne Eintragung in die Originalpapiere kauft niemand so einen Teppich. Höchstens weit unter Preis."

„Ist das üblich?"

„So dumm wäre Azargoschasb nicht gewesen. Er hätte ihn mir zu einem adäquaten Preis zurückgeben können. Vermutlich wollte er ihn nur sicher aufbewahren."

„Das denke ich auch."

„Er hat doch Frau und Kinder?"

„Ja. Seine größere Tochter möchte sich selbstständig machen und braucht dafür Geld."

„Die Familie erbt den Teppich. Ich werde den Besitzwechsel vollziehen."

„Geht das über den Zoll?"

„Nein, der Teppich ist schon verzollt."

„Die Polizei übersendet Ihnen den Teppich nach Abschluss der Untersuchungen, Herr Nazar. Sie müssen sich allerdings Ersatzpapiere ausstellen lassen, wenn das geht", sagte Parme ruhig.

„Ich verstehe", sagte Nazar.

Beide legten auf.

Parme war zufrieden. Auf dem Papier war Herr Nazar der Besitzer. Also übergab die Polizei ihm den Kaschan. Was er danach mit dem Teppich machte, ging die Polizei nichts an. Es gab nichts Schriftliches. Familienehre galt dort was, da war sich Parme sicher. Sie dachte triumphierend an die Meyersche und an manche Geier vom Finanzamt.

Wieder läutete das Telefon. Parme hob den Hörer ab. Es war Horst. Er hörte sich müde an. Kein Wunder, Beschattungen sind einschläfernde Angelegenheiten.

„Hallo Parme, hier ist Horst."

„Was macht euer Personenobjekt?"

„Schläft die meiste Zeit. Heute hat er das erste Mal das Haus verlassen. Er ging zuerst zum Bäcker und dann in einen Supermarkt. Jetzt ist er wieder zuhause. Er ignoriert uns. Ich bin sicher, dass er uns gesehen hat. Sollen wir an ihm dranbleiben?", fragte Horst wenig begeistert.

„Nein, ihr könnt das Objekt zu mir ins Büro bitten", antwortete Parme belustigt.

„Gibt es neues Material?", Horst Laune hob sich spürbar.

„Ja, und sag Wunderlich ohne die Quittungen der gekauften Bilder, braucht er seinen Rechtsanwalt gar nicht anzurufen. Vom Teppich erzählst du besser noch nichts", riet Parme Horst.

Es war halb sechs bis Horst, gefolgt von Herrn Wunderlich an ihre Bürotür klopfte. Parme öffnete und bat die beiden herein. Von der gegenüberliegenden Kebap-Bude ließ Parme was zum Essen bringen. Kaltes Bier war noch vom letzten Mal im Kühlschrank.

„Herr Wunderlich, Sie müssen uns einiges erklären", eröffnete Parme das Gespräch.

„Was wollen Sie?"

„Haben Sie die Quittungen gefunden?"

„Nein, ich sagte Ihnen doch schon das letzte Mal, dass ich ihm die Bilder ohne Quittungen abkaufte."

„Das ist aber schade."

„Warum interessiert Sie das eigentlich?"

„Später, nehmen Sie doch was zum Essen."

„Nein, was soll das?"

„Gut, kommen wir zu etwas anderem. Wir haben Teppiche aus Ihrer Wohnung in unser Labor gebracht. Haben Sie für diese Rechnungen?"

„Die werden bei meinem Steuerberater sein. Fragen Sie doch

ihn", antwortete Herr Wunderlich schnippisch.

„Das werden wir tun, Herr Wunderlich. Folgen Sie mir bitte in unsere Asservatenkammer", sagte Parme.

„Wozu?"

„Das werden Sie gleich sehen?"

In der Asservatenkammer angekommen, wandte sich Parme an Herrn Meister.

„Herr Meister, dürfen wir bitte den Kaschan nochmals sehen?"

„Der wird aber heute oft verlangt", antwortete Meister gut gelaunt und brachte den Teppich.

„Ist das Ihr Teppich, Herr Wunderlich?", fragte Parme scharf.

„Ja."

„Woher haben Sie ihn?"

„Gekauft, in einem Teppichladen."

„In welchem?"

„In der Stadtmitte."

„Wo genau?"

„Marienstraße."

„Name?"

„Weiß ich nicht mehr. Das war ein Ausverkauf."

„Dann haben Sie sicherlich zuhause die Besitzurkunde, nicht wahr", betonte Parme

„Die Rechnung hat mein Steuerberater. Hören Sie mir doch zu?"

„Ich spreche von der Besitzurkunde, dem Zertifikat."

„Wieso Besitzurkunde?"

„Das ist ein Kaschan, der im Iran registriert ist. Jeder Besitzerwechsel wird dokumentiert."

„Dann haben die mich betrogen."

„Wer?"

„Das Teppichgeschäft."

Meister hörte interessiert zu und lächelte.

„Was grinsen Sie?", harschte Wunderlich ihn an.

„Ohne Besitzurkunde ist der Teppich nichts wert. Jeder Teppichhändler weiß das", antwortete Herr Meister überlegen.

„Dann ist es halt Hehler-Ware. Was weiß ich. Ist doch Ihre Arbeit, soetwas aufzuklären. Teuer genug war er", setzte Wunderlich nach.

„Das reicht fürs erste. Gehen wir zurück in mein Büro. Bitte folgen Sie mir, Herr Wunderlich", sagte Parme.

Im Büro setzte sich Parme in ihren Sessel neben ihrem Schreibtisch. Sie bot Wunderlich den Stuhl ihr gegenüber an.

„Möchten Sie jetzt etwas essen oder einen Schluck Bier, Herr Wunderlich?", fragte Parme.

„Etwas zum Trinken wäre gut", antwortete er.

Parme reichte ihm eine Flasche Bier mit einem Glas. Selbst genehmigte sie sich auch eins. Sie schaute Wunderlich lange schweigend an. Ihn schien das nicht zu stören.

„Herr Wunderlich, wir kennen den Besitzer, den angeblichen Verkäufer des Teppichs. Wenn Sie wollen, fordern wir ihn noch heute Nacht auf herzukommen. Er wird Sie im gesetzten Fall als Käufer identifizieren können. Die Papiere wird er auch mitbringen und Ihnen erklären, warum er sie noch besitzt", setzte Parme die Auseinandersetzung fort.

„Wollen Sie noch einen Menschen nachts belästigen?", fragte Herr Wunderlich gereizt.

„Gut, wie Sie wollen. Der Teppich wird nach der Untersuchung an seinen rechtmäßigen Besitzer überstellt."

„Das bin ich."

„Nein. Ein Teppichgroßhändler aus Berlin."

„So eine Ratte."

„Wer?"

„Das werde ich vor Gericht klären lassen, Frau Kommissarin."

„Wie war das damals als Ihre Tante starb?"

„Das sagte ich Ihnen doch bereits."

„Wo wohnte die Familie von Azargoschasb?"

„Im ersten Stock. Direkt über meiner Tante. Sie hatten ein Klingelsystem eingebaut, damit meine Tante immer rufen konnte, wenn sie was brauchte."

„Als die Familie auszog, blieben Sachen zurück?"

„Jede Menge Müll."

„Was genau? Bitte etwas konkreter."

„Ich habe es nicht fotographiert. Es war ärgerlich genug. Ich musste eine Entrümpelungsfirma beauftragen, die Wohnung zu räumen."

„Was passierte mit den Sachen?"

„Die kamen wohl auf den Müll."

„Und danach, wie ging es weiter mit der Wohnung?"

„Eine Renovierungsfirma kam und richtete die Wohnung zum Vermieten her. Das war ein teurer Spaß. Wenigstens musste die Wohnung nicht desinfiziert werden. Hatte ich eigentlich mit gerechnet."

Parme beherrschte sich.

„Kannten Sie die neue Adresse der Familie?"

„Nein, wozu?"

„Wann kam Azargoschasb das erste Mal zu Ihnen?"

„Monate später."

„Was wollte er?"

„Seine Frau hatte sich von ihm getrennt. Das Finanzamt war hinter ihm her. Er brauchte Geld und verkaufte seine Bilder."

„Keine Teppiche?"

„Nein, wieso Teppiche?"

„Ihre Tante hatte ihm einen Teppich abgekauft. Der ist auch bei uns in der Asservatenkammer. Das ist überprüft. Wir haben in

Ihren Unterlagen eine Rechnung gefunden."

„Bei mir hatte er keine Teppiche dabei", sagte Wunderlich mit fester Stimme.

„Gut, wie kommen Sie in den Besitz des Kaschan?"

„Des was?"

„Kaschan, der Teppich, den ich Ihnen vorhin zeigen ließ."

„Ich wiederhole mich nicht mehr", antwortete Wunderlich ärgerlich und trank einen Schluck Bier.

„Sind Sie der Alleinerbe Ihrer Tante?"

„Was geht Sie das an?"

„Antworten Sie."

„Ja."

„Wie viel an Vermögen hinterließ die Tante Ihnen?"

„Genug."

„Wertgegenstände?"

„Ja."

„Das Haus?"

„Ja."

„Schuldenfrei?"

„Ja."

„Auch Barvermögen?"

„Ja."

„Versicherungen?"

„Ja."

„So, dass Sie nicht arbeiten gehen müssen?"

„Verdammt noch mal, ja."

„So, dass Sie einen riesen Reibach machten?"

„Wie meinen Sie das, Frau Kommissarin Kommt bei Ihnen etwa Sozialneid auf?"

„Nein, ich wundere mich nur wie raffgierig ein Mensch sein kann."

„Wollen Sie mich beleidigen?"

„Beleidigt Sie das? Ich dachte Sie sind stolz auf Ihren Wohlstand?"

„Hätte ich die Familie länger im Haus wohnen lassen sollen? Ist es das, was Sie stört? Ich bin kein Heiliger Samariter. Merken Sie sich das. Die Familie hat was anderes gefunden. Gut! Die Frau trennte sich von Azargoschasb. Was geht mich das an. Die wird schon gewusst haben warum."

„Was wollte Azargoschasb am Mord-Tag bei Ihnen?"

„Ich weiß nicht wann er ermordet wurde, das letzte Mal als ich ihn sah, wollte er mir ein Bild verkaufen."

„Sonst nichts?"

„Was hätte er noch wollen können?"

„Den Kaschan zurückhaben."

Wunderlich sah Parme überrascht an.

„Wie kommen Sie darauf? Ich will meinen Anwalt sprechen. Sie sind ja total verrückt."

Herr Wunderlich, Sie sind festgenommen", sagte Parme.

Ein Beamter kam und ging auf Wunderlich zu.

„Der Teppich gehört mir", waren Wunderlichs letzte Worte bevor er mit Handschellen von einem Polizeibeamten abgeführt wurde.

Horst öffnete die Fenster. Dann atmeten beide tief durch und sahen sich an.

14

Parme ging nicht nach Hause. Horst blieb ebenfalls im Büro. Rechtsanwalt Zimmer war da gewesen und hatte Beschwerde eingelegt. Das ließ Parme ziemlich unberührt. Sie überlegte. Was hatten sie gegen Wunderlich in der Hand? Sie hatten eine kleine

Menge Marihuana bei der Hausdurchsuchung gefunden. Und? Es war eine kleine Menge, vielleicht war es uralt. Ein Dealer war Herr Wunderlich nicht. Und dass Azargoschasb bei ihm sein Marihuana kaufte, war auch wenig wahrscheinlich. Es blieb nur der Teppich, aber es war nur ein Verdacht. Sie konnten ihm nichts nachweisen.

„Der Teppich ist das einzige, was wir momentan in der Hand haben. Einen Wertgegenstand. Aber ohne Papiere. Wo sind wohl die dazugehörigen Papiere? Saleh Nazar behauptete bei Asargoschasb. Gefunden haben wir sie bei ihm nicht. In den meisten Verbrechen geht es um starke Gefühle, wie Liebe und Hass, oder um Geld. Gefühle sehe ich hier nicht als Motiv, Frau Brackmaier ist in keinster Weise verdächtig. Es bleibt nur die Habgier. Wunderlich traue ich einen Mord aus Habgier zu. Er war's", resümierte Parme.

Horst nickte und sagte es läge auf der Hand.

„Gehen wir nach Hause Parme. Eine Nacht darüber und alles sieht ganz anders aus. Komm, das bringt jetzt nichts mehr. Herr Wunderlich hat ein Motiv, besonders toll ist das aber nicht. Der hat soviel Kohle, da hätte er den Teppich auch bezahlen können", sagte Horst.

„Ja, du hast recht. So gesehen, wegen ein paar tausend Euro einen Mord zu begehen und eine Gefängnisstrafe zu riskieren ist wenig logisch. Ich bin mir trotzdem sicher, er hat den Teppich für Azargoschasb vor der Insolvenz verwahrt. So ein schönes Stück dem Finanzamt in den Rachen zu werfen? Wer will das schon. Ich denke, er hat sich als Richter aufgeführt und sich geweigert, Azargoschasb den Teppich zurückzugeben. Irgendwelche Rechnungen aufgestellt, Entrümpelung, Sanierungskosten. Aber ihn deshalb gleich umbringen? Nein, das ist beim besten Willen nicht nachvollziehbar. Der kann sich doch zehn solche Teppiche mit Zertifikat kaufen.

Allerdings, manche Menschen sind schon für weit weniger

umgebracht worden. Und von Leuten, die es auf den ersten Blick auch nicht nötig hatten. Oh, ich drehe mich im Kreis. O.K. gehen wir schlafen, Wunderlich schläft heute Nacht mal hier, das tut dem gut. Und morgen früh sehen wir weiter", schloss Parme die abendliche Besprechung.

Beide verließen das Büro. Horst setzte Parme zu Hause ab. Parmes Mann schlief schon. Parme duschte heiß und ging danach ins Bett. Sie schlief sofort ein. Horst trank noch ein Bier in der Kneipe um die Ecke und war stolz, seiner Chefin den verdienten Schlaf verordnet zu haben. Danach ließ er sein Auto stehen und lief die zehn Minuten gemächlich zu Fuß nach Hause. Er ging die Sonnenbergstraße hoch und durch den Garteneingang in seine Einliegerwohnung in der Pischekstraße. Zu Hause angekommen, fütterte er erst mal seinen hungrigen Kater. Nach ausgiebigen Streicheleinheiten, ging Horst ins Bett und schlief schnell ein. Der Kater verließ die Wohnung durch seine Katzenklappe und sprang in den dunklen Garten.

Als Horst am nächsten Morgen ins Büro kam, war Wunderlich bereits auf freiem Fuß. Parme hatte die Entlassungspapiere unterschrieben, nachdem ihr der zuständige Staatsanwalt klargemacht hatte, dass er bei der gegenwärtigen Beweislage keinen Tag länger vertreten könnte. Sie war nicht verärgert darüber, eher erleichtert, ohne genau zu wissen warum. Jetzt wollte sie den Fall von einer anderen Seite anpacken.

„Horst, heute gehen wir zur Sitte. Und zwar beide. Auf unsere Anfrage haben die bis jetzt noch nicht reagiert. Die nehmen uns manchmal nicht richtig ernst."

Bei der Sitte mussten sich Parme und Horst erst mal durch eine Gruppe junger leichtbekleideter Damen drängeln.

„Ja, wenn das nicht Kommissarin Parme ist", rief Müller, ein Kollege von der Sitte.

„Bei uns geht es hoch her. Heute Nacht war eine Razzia im Hafenviertel. Was kann ich für euch tun?", fragte Müller herzlich.

"Wir haben einen identifizierten Toten ohne Papiere. Er heißt Azargoschasb, ein Perser, Ende fünfzig, Letzter Wohnsitz ist Stuttgart. Wir suchen die Papiere und vermuten, dass sie gestohlen wurden. Sind solche Papiere bei euch aufgetaucht?", fragte Parme.

"Lasst uns zuerst mal in den Computer schauen. Azargoschasb sagst du. Nein, da ist nichts vermerkt. Kommt mit, dort hinten ist unsere Sammelkiste. Hier kommt zuerst mal alles rein: Papiere, Uhren und anderes Zeugs. Einmal in der Woche wird alles geleert und verarbeitet.

Müller blätterte die Dokumente durch. "Hier, da haben wir sie ja schon. Azargoschasb. Der Personalausweis ist abgelaufen. Hätte längst verlängert werden müssen. Das ist vermutlich der Grund warum wir den Ausweis dabehalten haben. Gefunden wurde der Ausweis bei einem Junkie. Hier habe ich seine Adresse. Ich schreib sie euch auf. War es das, oder kann ich euch sonst noch was helfen? Ich will nicht unhöflich sein, aber vor der Tür wartet jede Menge Arbeit."

"Danke für deine Hilfe, Müller. Wir nehmen jeden Strohhalm. Kümmere dich nur wieder um deine Kundschaft. Die wollen auch alle endlich nach Hause. Als wir uns vordrängelten maulten einige: hinten anstellen, sie würden hier schon die halbe Nacht warten. Also mach's gut", verabschiedeten sich Parme und Horst von ihrem Kollegen.

"Hier Horst, Lehenstraße, da fahren wir doch gleich hin. Die Nuss wird sofort geknackt", sagte Parme energisch.

Horst setzte sich hinter das Steuer des Dienstwagens. Parme nahm neben ihm Platz und ließ ihre Wagentüre geräuschvoll ins Schloss fallen. Horst steuerte den Wagen in Richtung Lehenviertel. Neben einer Telefonzelle fand Horst einen Parkplatz. Zu Fuß schlenderten sie die Straße entlang. Der Junkie wohnte direkt über dem Lehen. Parme klingelte.

Es passierte nichts. Niemand öffnete die Tür. Die Kneipe hatte schon geöffnet. Beide betraten den Schankraum. Parme sog die Atmosphäre des Raumes ein. Während ihrer Studienzeit war sie gerne zum Skatspielen hierher gekommen. Sie erinnerte sich daran, dass es einen direkten Zugang zum Treppenhaus gab. Der Wirt trat aus der Küche und betrachtete Parme. Er hatte noch immer wie früher seinen speckigen Lederschurz an. Er lächelte.

„Hallo, schon lange nicht mehr gesehen. Wie geht es dir?" fragte der Lehenwirt.

„Gut und selber? Gibt es noch den öligen Calvados bei dir?" fragte Parme.

„Klar, für gute Gäste immer. Kommt ich spendier euch einen Kleinen. Kommt ja nicht alle Tage vor", sagte der Wirt.

Horst brummte.

„Der ist echt gut. Vergiss mal die guten Vorsätze, ein einziger hat noch keinem geschadet", sagte Parme lachend.

Alle drei standen am Tresen und ließen den Calvados die Kehle hinunter rinnen.

Nach einer Weile richtete Parme den Blick auf den Wirt: „Über dir wohnt ein Junkie. Ist der zuhause?"

„Du meinst wahrscheinlich Kalle. Gesehen habe ich ihn heute noch nicht. Der wird noch schlafen. Er hilft mir immer beim Kistenschleppen. Dafür bekommt er abends drei Bier aus dem Zapfhahn. Im Hof steht noch die ganze Ladung von heute morgen, die muss er in den Keller räumen. Geht doch hier durch, dann könnt ihr an seine Wohnungstür klopfen und ihn wecken", sagte der Wirt verschmitzt.

„Tschüss, wir schicken ihn dir, wenn wir mit ihm fertig sind", verabschiedeten sich Parme und Horst.

Beide gingen hinter die Theke und betraten durch eine dunkle Tür das helle geräumige Treppenhaus. Das Haus stammte aus der

Jahrhundertwende mit einem Treppenhaus aus Eichenholz. Der Handlauf war durch das Jahrhundert glänzend poliert und fühlte sich gut an.

Horst trommelte gegen die Wohnungstür. Von innen kamen Geräusche.

„Ja, ist ja gut. Ich komme ja schon. Du kannst deine Kisten ja auch mal alleine schleppen. Die Plörre klaut ja eh keiner."

Die Tür öffnete sich. Kalle wandte sich um und ging ohne hinauszusehen in sein Zimmer zurück.

Parme räusperte sich.

„Hallo, Kriminalpolizei, Ihre Papiere bitte", sagte Parme nüchtern.

Kalle zuckte zusammen und drehte sich ruckartig um. Zwei Blicke machten ihm klar, er kam hier nicht weg. Horst blieb im Türrahmen stehen. Parme betrat den Raum und öffnete ein Fenster.

„Papiere, ja doch. Hier Frau Kommissarin", sagte Kalle.

Die Angaben stimmten mit denen der Sitte überein.

„Woher hatten Sie den Ausweis von Azargoschasb? Was wollten Sie damit?", fragte Parme schnell.

„Mann, das sind ja zwei Fragen auf einmal. Nicht so schnell Frau Kommissarin, ja. Wovon reden Sie überhaupt, Frau Kommissarin?"

Parme sah Kalle wortlos an.

„Ja, ist ja gut. Was ich damit wollte? Ist ja klar, zu Geld machen, halt. Was sonst? Hab die am Bahnhof gefunden, alles klar, ja?", antwortete Kalle überdreht.

„Sie meinen auf dem Bahnhofsgelände. Auf dem Stuttgart 21-Gelände. Genauer gesagt, Sie haben den Besitzer niedergeschlagen und ausgeraubt", fuhr Parme die volle Breitseite.

„Mal langsam, Mann, der war doch schon tot, ja. Stuttgart 21-Gelände, ja, bin ich Stadtplaner oder was?" lies sich Kalle überrumpeln.

„Horst geb' der Meyerschen bitte die Personalien von unserem Kandidaten hier durch. Ich will wissen ob wir seinen genetischen Fingerabdruck in unserem System gespeichert haben", wies Parme an und legte nach: „Also raus mit der Sprache, was hast du mit dem Mann gemacht?"

„Hab doch schon alles gesagt. Vor ein paar Tagen bin ich nachts da rein, zufällig spazieren gegangen, und da bin ich über die Leiche gestolpert, ja. Ich nahm mein Feuerzeug um mal nachzusehen. Der Typ lag auf dem Bauch. Hab ihn umgedreht und da fiel das einfach so aus seiner Tasche raus. Ich hab's also eigentlich auf dem Boden gefunden, klar Mann?"

„Geld hast Du nicht gefunden?", fragte Parme.

„Geld, ja? Schau Dich doch hier um, wenn Du denkst da gäbe es was zu holen. Hier gibt es kein Geld", antwortete Kalle trotzig.

„Und dann hast Du ihm sein Marihuana abgenommen?", fragte Parme.

Kalle kicherte. „Was soll ich mit Marihuana anfangen, Frau Kommissarin?"

„Er ist im Computer. Erkennungsdienst können wir uns sparen", teilte Horst mit.

„Das Geld wird ch' schon verkifft sein."

Parme notierte sich Kalles Angaben in Stichworten und hielt ihm das Blatt unter die Nase: „Hier, unterschreiben! Eine Kopie kannst du unten beim Lehenwirt abholen. Der erwartet Dich schon sehnsüchtig, alles klar?"

Kalle unterschrieb das handschriftliche Protokoll und ging nach hinten um sich anzuziehen.

„Du verlässt in nächster Zeit nicht die Gegend, ohne mir vorher Bescheid zu geben. Hier ist meine Karte. Ich lege sie auf die Kommode. Viel Spaß beim Kistenschleppen", rief Parme ihm Hinuntergehen.

Parme und Horst verließen das Haus.

„So, das wäre geklärt. Jetzt wissen wir warum Azargoschasb auf dem Rücken lag", sagte Parme zufrieden und stieg ins Auto. Im Innenhof angekommen, stieg Parme aus und ging erst mal in die Dönerbude gegenüber zum Teetrinken. Horst ging mit.

„Kalle hat ihn ausgeraubt aber bestimmt nicht erschlagen. Dazu ist der nicht fähig. Wir sollten mal der persischen Verwandtschaft auf den Zahn fühlen, vielleicht liegen wir völlig falsch. Vielleicht wollte Azargoschasb wieder ins Geschäft kommen und es kam zum Streit. Wir sollten mehr über den jungen erfolgreichen Teppichverkäufer Aberschah in Erfahrung bringen. Wir haben doch einen guten Draht nach Berlin."

„Lass mal überlegen. Ja klar, wir hatten doch vor zwei Jahren Besuch von den Kollegen des K3. Gegenseitiger Erfahrungsaustausch. Die könnten wir um Unterstützung bitten", fiel Horst wieder ein.

„Genau!"

Im Büro zurück griff Parme nach ihrem Visitenkartenkarussell. Das war ihr ganzer Stolz. Zu kaufen gab es das normal gar nicht mehr. Nur noch auf dem Flohmarkt oder bei Manufactum zu einem Schweinepreis. Der Preis war Parme egal, sie fand es einfach so schön.

„Hier ist sie", Parme griff nach dem Telefonhörer und wählte die Telefonnummer der Berliner Kollegen.

Am anderen Ende tutete es. Parme wartete gespannt.

„Kommissariat 3, ja bitte?", sagte eine Stimme am anderen Ende der Leitung.

„Grüß Gott, hier ist Kommissarin Parme aus Stuttgart, ich erbitte Amtshilfe", sprach Parme betont schwäbisch.

„Hallo Parme, hier ist Markus. Wie geht es euch denn im tiefen Süden?"

„Ach Markus, Stuttgart ist keine Hafenstadt in der Karibik,

ihr habt doch die schöne Ostsee vor der Hütte."

„Von wegen Ostsee. Drei Stunden Autofahrt im Stau am Wochenende. Das ist kein Vergnügen. Da gehe ich lieber mit Susanne in unsere Laube. Schieß los, Amtshilfe wobei?"

„Bei euch in Berlin wohnt ein junger Perser. Er heißt Aberschah und arbeitet bei seinem Onkel im Teppichhandel. Und bei uns hier gibt es einen Toten, Azargoschasb. Aberschah und er hatten mal geschäftlich miteinander zu tun. Jetzt wüssten wir gerne mehr über den jungen erfolgreichen Teppichverkäufer. Die genauen Daten und den bisherigen Stand unserer Ermittlungen faxe ich dir gleich durch."

„Bis wann brauchst du Ergebnisse?", fragte Markus.

„Vorgestern, ist doch klar", lachte Parme.

„Alles klar, Mädle. Wir melden uns. Grüß mir den Horst und die anderen Schwaben", verabschiedete sich Markus.

„Tschüss und danke und Grüße zurück", erwiderte Parme und wandte sich beim Auflegen an Horst.

„Grüße aus Berlin, du kannst das Fax einlegen."

15

„Ob Aberschah etwas zum Verbleib der fehlenden Papiere sagen kann? Nehmen wir doch mal an, er hätte die Papiere. Damit wäre er rechtmäßiger Besitzer des Teppichs. Horst, ich denke ich sollte nach Berlin fahren. Ich gehe jetzt zum Chef und stelle einen Reiseantrag", sagte Parme.

„Berlin ist immer eine Reise wert", sagte Horst nickend.

Parme verließ den Raum und nahm die Treppen zur Chefetage mit Schwung. Sein Büro hatte die Aussicht auf den Rosensteinpark. In einer knappen Viertelstunde erläuterte sie ihm die Notwendigkeit der Reise. Der Chef unterschrieb das Formular und wünschte Parme eine gute Reise.

Parme ging nach Hause und packte ihre Koffer. Sie wollte den Nachtzug nehmen. So konnte sie mit ihrem Mann noch gemeinsam Abendessen und käme morgens ausgeschlafen in Berlin an.

Sie hätte auch fliegen können oder mit dem schnellen ICE fahren, doch Fliegen war nicht ihre Leidenschaft und der ICE war ihr zu schnell. Sie spürte beim Fahren die hohe Geschwindigkeit. Jede Unebenheit auf den Gleisen ließ ihren Körper erschüttern. Das gefiel ihr nicht. So nahm sie bei längeren Reisen immer den gemütlicheren Nachtzug mit Liegewagen.

Parme traf sich mit ihrem Mann im kleinen Zeppelin. Dort wollten sie zusammen zu Abend essen. Das Essen war gut. Es gab Rehragout und dazu tranken sie einen schweren Bordeaux. Wie sie fand, gerade die richtige Grundlage für eine Nacht im Zug. Ihr Mann brachte sie danach an den Bahnsteig. Er wartete bis der Zug abfuhr und winkte ihr nach. Parme tat die Fürsorge ihres Mannes richtig gut. Genüsslich kuschelte sie sich in ihre Kissen.

Morgens kam sie in Berlin an. Am Hauptbahnhof herrschte die Hektik der Berufstätigen, die zur Arbeit drängten. Sie stand am Bahnsteig mit ihrem Koffer in der Hand und kam sich ein wenig wie im Urlaub vor. Niemand holte sie ab, die Kollegen vom K3 wussten nichts von ihrem Erscheinen. Zuerst wandte sie sich zum i-Punkt, dem Büro des Tourist Office, wählte dort ein Hotel und ließ sich den Weg zum K3 erklären. Dann kaufte sie sich eine Tageskarte für den öffentlichen Nahverkehr. Als nächstes suchte sie das Hotel auf, füllte die Gästekarte aus und stellte ihren Koffer in ihr Zimmer. Ob sie länger als eine Nacht dableiben würde, wusste Parme noch nicht. Danach setzte sie sich in die U-Bahn und fuhr nach Ostberlin zum Alexanderplatz.

Auf dem Weg dorthin ruckelte die Bahn abwechselnd unter Tage und auf Hochgleisen durch Berlin West und Ost. Vorbei am Tiergarten und dem Palast der Republik, einem Bauwerk des Architekten Heinz Graffunder, von dem jetzt nur noch ein paar Reste standen. 2001 wurde der Abriss des Gebäudes beschlossen, in dem Künstler wie etwa Mikis Theodorakis, Joan Baez, Miriam Makeba oder Carlos Santana schon aufgetreten waren. Der gläserne Palast lag am Spreeufer. Er wurde spaßhalber auch Ballast der Republik oder Erichs Lampenladen genannt, weil die Illumination schon enorme Kosten verursachte. Er musste dem geplanten Nachbau des historischen Schlosses weichen, das im 2. Weltkrieg hier zerstört wurde.

Parme war gegen den Abriss des Gebäudes. Der Palast der Republik war für sie ein Zeugnis der DDR-Vergangenheit. Er gehörte als Kulturrelikt zur Deutschen Geschichte. Außerdem fand sie die Einschusslöcher am Gebäude total spannend. Das Gebäude war allerdings voller Asbest. Parme dachte noch an die Zeit vor dem Mauerfall. Bis auf den Solidarbeitrag, der monatlich von ihrem Gehalt angezogen wurde, merkte Parme wenig von der Wiedervereinigung der beiden deutschen Staaten.

Als sie an der Haltestelle Alexanderplatz ausstieg und die Treppen, die auf den Platz nach unten führten hinabstieg, wurde sie von alten chinesischen Frauen wegen Zigaretten angesprochen. Sie hielten ihr, in Plastiktüten verpackt, ganze Stangen Zigaretten vor's Gesicht. Parme winkte ab. Seit Jahren rauchte sie nicht mehr und war froh der Dauersucht entronnen zu sein.

Parme betrat das Gebäude in dem sich das K3 befand. Sie stand in einem großen Vorraum mit Hinweisschildern und drei Aufzügen. Sie sah keine Anmeldung oder irgendeinen Menschen. In einer Ecke stand ein Telefon ohne Wähltasten. Darüber stand: Für Informationen heben Sie bitte den Hörer ab und sprechen nach der Aufforderung laut und deutlich. Parme ging zum Hörer und wartete auf die Aufforderung.

„In welchem Stockwerk ist das K 3 bitte schön?", fragte Parme.

„Haben Sie einen Termin?"

„Nein."

„Ihren Namen, bitte?"

„Kommissarin Parme aus Stuttgart."

„Warten Sie hier, Sie werden abgeholt", antwortete die Stimme am anderen Ende der Leitung.

Parme trat einige Schritte zurück und probierte neugierig die Aufzugknöpfe. Nichts geschah. Sie besah sich die Anlage näher und entdeckte an jedem Aufzug eine kleines visuelles Auge. Davor musste bestimmt ein Ausweis gehalten werden und erst wenn es der richtige war bewegte sich was. Sie zuckte die Schultern. Kurz darauf blinkte ein Licht und eine Aufzugtür öffnete sich.

„Ja, wen haben wir denn hier? Arbeiten wir euch zu langsam? Jetzt kommt die extra aus Stuttgart um uns anzufeuern", begrüßte sie herzlich umarmend Markus.

„Schön dass du da bist. Mensch gibt's so was dringendes, dass du dich extra aus Stuttgart hierher bemühst?", wiederholte sich Markus in seiner Verwunderung.

„Hei, danke der Nachfrage, ich habe eine gute Fahrt gehabt. Gibt es bei euch einen gescheiten Kaffee?", grüßte Parme grinsend zurück.

„Komm mit nach oben. Achtung, die Aufzugtüre schließt etwas ruppig. Die Anlage stammt noch aus der alten Zeit. Hier war mal eine Abteilung der Stasi untergebracht. Daher auch die heimelige Atmosphäre. Die Räume sind aber ganz normal", beruhigte Markus.

Er führte Parme in den Konferenzraum der Abteilung. Die Kollegen, die sie noch durch ihren Stuttgart Besuch kannte, warteten schon. Markus schenkte zwei Pötte Kaffee ein.

„Mit Milch und Zucker?", fragte er.

Parme nickte.

„Hallo Kollegen. Mir lässt der Fall keine Ruhe. Die Spuren

in Stuttgart verlaufen im Sand. Das Motiv könnte hier in Berlin zu finden sein. Was habt ihr über Aberschah gefunden?", fragte Parme etwas stur.

„Ein smarter junger Mann. Fährt ein schwarzes Sportcoupé, trägt Anzüge von Armani und seidene Unterwäsche. Seine Schuhe kauft er in Italien. Alles dran an dem. Er arbeitet, wie du schon weißt, bei seinem Onkel im Import und Verkauf von Orientteppichen. Die Ware ist sauber. Der Zoll hat keine Beschwerden über die Firma. Politisch ist der Familienclan unauffällig, das Amt für Innere Sicherheit führt keine aktuelle Akte", erklärte Markus.

„Hat er Familie oder eine Freundin?", fragte Parme.

„Momentan ist er solo. Er ist noch zu haben. Abends trifft man ihn in den Szene-Schuppen oder zu späterer Stunde im Pimpernell. Unser Freund liebt nebenbei das Skurile."

„Was ist das Pimpernell?", fragte Parme.

„Eine Diskothek für Schwule mit Hinterzimmer. Dort wird nicht gepimpert sondern gezockt. Meist wird um große Summen gespielt. Eine Razzia ist hoffnungslos. Bis die Kollegen sich durch die wummernde Diskothek geschlichen haben, ist der Raum leer. Wir haben zwar einen Informanten an der Theke, der uns auf dem Laufenden hält, nur gerichtlich verwertbare Beweise gibt es keine. Der Besitzer des Ladens ist Kunde einer guten Anwaltskanzlei."

„Ist Aberschah spielsüchtig? Hat er Spielschulden?", fragte Parme.

„Tja, das ist so eine Sache. Er hat wohl in letzter Zeit etwas Stress mit dem Besitzer. Um was es da geht ist unklar. Außerdem meinte unser Informant, dass Aberschah neuerdings im kleinen Schwarzen und nicht wie früher im Maserati vorfährt. Das könnte auf Zahlungsprobleme hinweisen."

„Wer von euch begleitet mich heute Abend ins Pimpernell?", fragte Parme auffordernd in die Runde und schaute danach Markus an.

„Holst du mich gegen 22 Uhr im Hotel ab?", fragte Parme. Markus nickte.

Die Runde löste sich auf. Die notwendigen Aufgaben waren verteilt. Bankdaten einsehen, Telefonanrufe der letzten Wochen überprüfen, Fluggesellschaften abfragen. Alles Daten, die die Kollegen vom K 3 bis zum Mittag überprüfen konnten. Parme hoffte einen Beweis für einen aktuellen Kontakt zwischen Azargoschasb und Aberschah finden zu können. Danach ließ sie sich die Abteilung im 10. Stock zeigen. Das Gebäude war aus den 70er-Jahren. Am meisten amüsierte Parme sich über ein paar graue alte Telefone mit mehreren bunten Knöpfen.

„Du die geben wir nicht her, die sind super praktisch. Die haben eine eigene Standleitung zur Polizeidienststelle Marzahn. Als wir hier einzogen, brachen öfters die Telefonleitungen zusammen. Mit den grauen Apparaten hatten wir immer eine Verbindung nach draußen und konnten uns sogar weitervermitteln lassen. Solange es die Standleitung gibt, geben wir die Telefone nicht freiwillig her. Das ist unser Notfallset", sagte Markus bestimmt.

Den Rest des Tages hatte Parme frei. Sie bummelte durch Berlin und kaufte sich ein paar Klamotten. Am frühen Abend legte sie sich in ihrem Hotelzimmer aufs Bett und ruhte sich aus.

Gegen 21 Uhr stand sie auf, duschte, rasierte sich die Beine und zog ihr rosafarbenes Chanel-Kostüm an. Passend parfümiert mit Chanel No.5 fühlte sie sich wie eine französische Edelnutte und wartete gut gelaunt auf Markus.

Es klopfte an ihre Tür. Herein trat Markus im schwarzen Nadelstreifenanzug und rosa Hemd. Auch er in einer betäubenden Wolke Eau de Toilette.

Parme und Markus schauten sich gegenseitig an und gingen umeinander herum.

„Mensch, da haben wir uns ja schön herausgeputzt, sogar im Partnerlook. Rosa soll heute Abend unser Notfall-Kennwort sein", lachte Markus.

„Weißt du, dass Rosa mein zweiter Vorname ist?", prustete Parme hervor.

„Lass uns gehen. Wir sind auf Urlaub und kommen aus Baden-Baden. Das Pimpernell ist ein Geheimtipp von George, dem Croupier im Spielcasino zuhause. Etwas Kleingeld konnte ich vom Chef loseisen. Madame darf ich bitten", sagte Markus galant mit einer leichten Verbeugung.

Parme ließ sich von ihm am Arm die Treppe hinunterführen und zum Auto geleiten. Vor dem Hotel stand ein dunkelblauer Oldtimer, eine restaurierte Heckflossen-Limousine.

Parme rutschte auf dem Ledersitz hin und her wie ein junges Mädchen und freute sich auf die Fahrt durch Berlin. Es war ein lauer Sommerabend und sie hatten die vorderen Fenster geöffnet. Auf der Fahrt ins Pimpernell ließen sie sich Zeit und genossen den Eindruck, den das Fahrzeug und ihre Aufmachung bei Passanten und anderen Autofahrern erzeugte.

16

Sie fuhren gegen halb elf vor dem Pimpernell vor. Der Parkplatz war schon gut gefüllt. Die Autos waren eine bunte Mischung aus Studentenautos, WG-Kutschen, Fiestas und vor allem Nobelkarossen. Der kleine Schwarze von Aberschah war nicht zu sehen. Das war Parme sehr recht. Sie wollte vor ihm dort sein. Wenn der Raum voll war und Aberschah kam, fielen sie ihm weniger auf, wie wenn er schon da wäre und sie als Neulinge den Raum betreten würden.

Am Eingang zum Pimpernell stand ein junger, hübscher und kräftiger Mann. Er lächelte Parme und Markus an und wünschte ihnen viel Vergnügen.

„Wenn der wüsste, dass wir „Bullen" sind, würde er nicht mehr so smart lächeln. Was meinst du?", fragte Parme zu Markus gewandt.

Sie betraten den Raum. Dunkle Bässe wummerten aus riesigen funkelnden, von der Decke hängenden Boxen. Links schlängelte sich eine elend lange Theke an der Wand entlang. Dahinter strahlten hohe Spiegelregale, gefüllt mit leintuchpolierten Gläserreihen und Flaschen aller Art und Herkunft. Es war ein sehr ansprechender Anblick. Parme lief das Wasser im Mund zusammen. Und Markus staunte still.

„Das wird eine saftige Spesenrechnung, ob wir es überhaupt bis nach hinten zur Spielhölle schaffen? Was möchtest du trinken, Parme?, fragte Markus begeistert.

„Einen südamerikanischen Drink, mit Mescal. Dieses verbotene Zeugs mit Wurm", antwortete Parme leicht überdreht.

„Hey Chef, einen Drink mit Wurm für die Lady und einen Caipirhina für mich!", rief Markus.

Der Barmann sah in Parmes gerötetes Gesicht und lächelte. „Entspannen Sie sich, Lady, Sie sind hier in bester Gesellschaft."

„Wir sind aus Baden-Baden, ein Tipp von einem Croupier namens George aus dem Spielcasino, Sie wissen, worauf ich hinaus will?", fädelte Markus geschickt ein.

„Ah, aus der tiefsten Provinz, da habt ihr wohl Nachholbedarf. Amüsiert euch schon mal ein bisschen, ich kümmere mich später um euch", grinste der Barmann vertraulich.

„Hast Du gehört Parme, wir sollen uns an den zuckenden Leibern und pulsierenden Adern reiben, na dann mal los. Wenn wir dann noch Geld brauchen, pumpen wir den Barmann an."

Parme war fasziniert. Junge durchtrainierte Körper glänzten vor Schweiß. Erotik erfüllte den Raum. Die Musik wummerte sich ins Unterbewusste und krallte sich fest. Hier könnte sie die ganze Nacht durchmachen und Mann und Arbeit und alles vergessen. Seit Jahren, bald Jahrzehnten war sie in keiner Disko mehr gewesen. In einer für Schwule und durchgeknallte Heteros sowieso schon gar nicht. Überwiegend Männer tanzten hemmungslos für sich. Sie fühlte sich völlig frei. Niemand schaute sie komisch an. Es war wie unter Freunden.

„Komm lass uns auch tanzen", ermunterte Markus eine allzu bereite Parme.

Nach ein paar Runden warf sich Parme verschwitzt in einen Sessel. Es ging ihr super. Aber sie waren ja nicht nur zum Vergnügen hier. Jetzt sollten sie die Spielhölle ansteuern. Markus wandte sich an den Barmann. Der führte beide in die hinteren Räume. Über den Toiletten stand tatsächlich Badezimmer. Wie vornehm, dachte Markus. Rechts daneben führte ein schmaler schwach beleuchteter Gang weiter. Sie gingen zwischen zwei schweren roten Samtvorhängen durch in einen erleuchteten Vorraum. Ein gepflegter, kleiner älterer Mann erwartete sie. Er ließ sich ihre Personalausweise zeigen und der Barmann beugte sich an sein Ohr herunter. Der Mann sah sie freundlich an und reichte beiden seine Hand.

„Willkommen in Berlin. Sie können sich mit jeder Frage vertrauensvoll an mich wenden", sagte er mit überraschend tiefer Stimme und öffnete eine schwere dunkle Mahagonitür.

Parme und Markus betraten den dahinter liegenden Raum. Sie sahen auf die 20er-Jahre zurück. Drei große Kristallleuchter bestrahlten den Raum. An den Wänden hingen Schwarzweiß-Fotografien, die Rennfahrer zeigten. In einer Hälfte des Raumes standen zwei große runde Tische. An ihnen wurde gepokert, in der anderen Hälfte dominierte ein Roulette-Tisch. Dort befanden sich sieben Spieler. Am Rande gab es kleinere Tische, von denen einige besetzt waren. Eine kleine massive Theke mit Aufbauten stand links neben dem Eingang. Sie erinnerte Parme an ein Büfett, das früher bei ihrer Oma in der Küche stand. Es gab Whiskey,

Wasser und Bier. Das Wasser war auf Kosten des Hauses. Parme und Markus sahen sich an. Ein Kellner im Frack kam auf sie zu und führte sie an einen freien kleinen Tisch.

„Einen schönen guten Abend die Herrschaften. Sie haben einen guten Tag gewählt. Rouge führt und im Poker ist alles ausgeglichen. Was darf ich Ihnen zum Trinken bringen? Eine Flasche Wasser, sehr gerne. Was möchten Sie gerne spielen? Roulette, wie viele Jetons darf ich Ihnen bringen? Für 600, gerne", sagte der Kellner.

Kurz darauf brachte er eine Flasche Pellegrino mit zwei Gläsern. Parme überreichte er die Plastikchips. Er nickte beiden zu und wünschte ihnen Glück. Parme und Markus blieben gemütlich einen Moment sitzen und schauten zum Roulette-Tisch hinüber. Sie hatten beide Zeit. Parme ließ die Atmosphäre des Raumes auf sich wirken.

Ihr Blick blieb an einem Foto hängen, das eine junge Rennfahrerin zeigte. Sie stand in diesem typischen 20er-Jahre-Kleid, das wie ein Sack an ihrem Körper hing, vor einem Rennwagen und strahlte Siegesfreude aus. Daneben war ein Bild von ihr, in dem sie wie ein Schulmädchen, verträumt vor unendlich vielen Porzellanvögeln posierte. Auch wieder in so einem Kleid. Diese Mode hatte Parme nie verstanden. Sie fand es fürchterlich, wie plump sie die Frauenkörper erscheinen ließ, und hoffte, dass das Schnittmuster nie wieder aus der Schublade gezogen wurde. Das Bild hatte sie schon einmal gesehen. Sie erkannte die Frau darauf.

„Hey Markus, schau mal her. Das ist Rogolla Ernesta von Biberstein, später verheiratet nannte sie sich Ernes Merck. In den Zwanzigern war sie eine erfolgreiche Rennfahrerin. Mein Patenkind hat eine Seminararbeit über sie geschrieben und wollte sie an das neue Daimler-Museum in Stuttgart verkaufen. Da wurde leider nichts draus. Den Vergleich mit Michael Schumacher fanden die Herren offensichtlich etwas zu hoch gegriffen. Das habe ich ihr gleich gesagt, aber die Jugend hört ja nicht auf uns Alte. Ich möchte jetzt zum Spiel gehen. Kommst Du mit?", forderte Parme Markus freundlich auf.

Beide hatten vorher vereinbart, dass Parme Roulette spielte und Markus ihr sichtbar wohlwollend zur Seite stand. Parme kannte sich etwas mit Roulette aus und war auf Sicherheit bedacht. Sie wollte auf Farben gehen und wenn sie gewonnen hatte und danach etwas riskieren wollte, mal auf eine Vierer-Kombination setzen. Geplant war auf alle Fälle 250 Euro zu behalten, damit Markus zum Pokertisch konnte. Sie wussten beide nicht was Aberschah spielen würde. Beide hofften, dass er überhaupt kam.

Bis dreiviertel zwölf kamen drei Ehepaare und acht Einzelpersonen. Der Raum füllte sich. Es waren nur noch zwei kleine Tische frei. Manche Spieler ließen ihr Glas an der Theke stehen und kamen später zurück um kurz daraus zu trinken.

Gegen Mitternacht betrat Aberschah den Raum. Parme verschlug es beinahe den Atem. Smart fand sie, war untertrieben. Aberschah war ein schöner junger Mann mit sportlicher Ausstrahlung. Bewundernd verglich sie seine Körperspannung mit Schauspielern, die sie kannte. Auch die anderen Spieler reagierten auf sein Eintreten. Kurz erstarben die Geräusche im Raum. Man drehte sich zu ihm um und er wurde von einigen begrüßt. Der Kellner trat auf ihn zu und beugte sich an sein Ohr. Der Kellner sprach leise zu Aberschah. Aberschah ließ seinen Blick durch den Raum schweifen. Er blieb an Parme und Markus hängen. Aberschah musterte sie aufmerksam. Parme nickte leicht errötend mit dem Kopf. Aberschah lächelte zurück und wandte sich um. Er ging langsamen Schrittes zum Roulette-Tisch und stellte sich links neben den Croupier. Mit einzelnen Spielern wechselte er ein paar Worte. Eine junge blondierte Frau mit enger roter Lacklederhose, silbernen Stiefeletten und schwarz-glitzerndem Top auf braungebrannter Haut lachte etwas zu schrill auf, wie Parme fand.

„Affektierte Zicke", flüsterte Parme zu Markus.

„Findest du? Sie hat halt Temperament. Das ist die wahre Wiedersehensfreude. Ist doch nett", fand Markus.

Parme nickte unbeteiligt.

Azargoschasb schaute eine Weile dem Croupier zu. Selbst spielen wollte er nicht. Parme setzte derweil auf Rot und hatte mittlerweile schon zweihundert Euro gewonnen. Die gab sie Markus, der sich zum Pokertisch begab und auf einem freien Stuhl Platz nahm. Er beobachtete still das laufende Spiel. Aberschah stand noch am Roulette-Tisch. Parme setzte einen hunderter Jeton auf ihre Lieblingszahl 18. Das Rad drehte sich und Parme verlor. Aberschah lächelte sie aufmunternd an, wandte sich ab und ging zum Pokertisch.

Er setzte sich auf den letzten freien Stuhl neben Markus. Der Kellner brachte ihm einen Whiskey mit Eis. Als ein neues Spiel begann, winkte er dem Croupier und er bekam drei Karten. Markus sah noch zu. Er wollte ein Spiel mit Aberschah beobachten, bevor er in die Runde einstieg.

Aberschah spielte überlegt und routiniert. Kein Gesichtsmuskel bewegte sich. Die Summen drehten sich anfangs um Fünfziger.

Parme verließ den Roulette-Tisch, wo sie ihre Hundert mit Ungeraden wieder wettgemacht hatte und begab sich ebenfalls an den Pokertisch. Sie stand hinter Markus und gab ihm sechshundertfünfzig Euro. Hundertfünfzig behielt sie für die Getränke und als Reserve.

Aberschah gewann oft. Markus hielt sich recht tapfer und hatte nach zwei Stunden noch dreihundert in der Tasche. Der Rest lag vor Aberschah. Der lächelte und drehte auf Hunderter hoch. Markus stand kurz auf und ging auf die Toilette. Sein Platz blieb frei. Als er wieder kam, lagen acht Hunderter auf dem Tisch. Aberschah verzog keine Miene und legte fünfhundert hin. Zwei Spieler stiegen aus. Einer legte tausend hin. Es wurde still im Raum.

Die anderen Spieler stiegen aus. Aberschah schaute seinen Gegenspieler lächelnd an und erhöhte nochmals um fünfhundert. Auf dem Tisch lagen dreitausendachthundert Euro. Der andere legte zweitausend hin. Im Raum war es so still, dass man eine Stecknadel hätte fallen hören. Aberschah legte ebenfalls zweitausend hin und sagte: „Sehen!". Er hatte ein Full House und strich den Gewinn ein.

Aberschah lehnte sich zurück und bestellte Champagner für alle am Tisch. Auch für Parme.

„Oh, dankeschön, sehr charmant", flötete Parme.

„Sie haben mir Glück gebracht, schöne Frau. Ich habe gewonnen und Ihr Mann durfte zusehen und sein Geld behalten. Die perfekte Gelegenheit einen Champagner zusammen zu trinken", sagte Aberschah.

„Auf Ihr Wohl und unser Glück!", lachte Markus zustimmend.

„Was führt Sie nach Berlin, wenn ich fragen darf?"

„Ein entspanntes Wochenende und Inspiration für eine neue Einrichtung", antwortete Parme.

„Wir wollen unser Haus moderner einrichten und suchen uns entsprechend neue Möbel", setzte Markus lächelnd hinzu.

Parme und Markus gaben perfekt das gutverdienende, leicht schrullige nette Ehepaar aus der Provinz wieder.

„Wenn Sie in Berlin nichts finden, sollten Sie nach Paris und Mailand gehen. Am besten zuerst nach Mailand. In Mailand zeigt sich die Eleganz und der gute Geschmack. Wunderschöne Stoffe, Marmor und stilvolle Möbel wohin Sie sich auch wenden. Doch Berlin hat auch einiges zu bieten. Versuchen Sie es in der Friedrichstraße", empfahl Aberschah.

Parme und Markus nickten.

„Bevor Sie abreisen, kommen Sie doch bei uns vorbei. Mein

Onkel handelt mit Teppichen. Er hat einige wunderschöne Stücke, die jedem Boden schmeicheln. Wenn Sie möchten, kommen Sie doch morgen ab zehn vorbei und ich zeige Ihnen unser Sortiment und unsere kleine Schatzkammer", sagte Aberschah unaufdringlich.

Er überreichte Markus seine Visitenkarte.

„Danke für das Angebot. Wir werden vielleicht darauf zurückkommen", antwortete Markus und Parme nickte.

Aberschah verabschiedete sich und ging mit dem Kellner durch eine Hintertür, die weder Parme noch Markus vorher aufgefallen war.

„Bestimmt bezahlt er einen Teil seiner Spielschulden zurück", sagte Parme an Markus gewandt.

„Das denke ich auch, der hat mal kurz über dreitausendfünfhundert Euro gewonnen", rechnete Markus im Kopf nach.

„Lass uns austrinken, und dann fahr mich bitte ins Hotel, Markus", sagte Parme zufrieden mit dem Abend.

17

Am anderen Morgen frühstückte Parme im Hotel. Sie hatte schon gepackt. Danach fuhr sie mit der Straßenbahn ins K3.

„Morgen Jungs. Was macht die Frauenquote? Gibt's Kaffee, oder könnt ihr das auch nicht?", trällerte Parme.

„Hey Parme, auf dem Emanzipationstrip, oder was? Da steht die Kaffeemaschine. Mach uns auch einen mit, aber einen richtigen, für Männer, hähä", konterte Markus.

„Schlechte Nacht gehabt, was", sagte Claus, ein Kollege von Markus.

„Eine Kollegin, die Marion stillt gerade und fängt in zwei Monaten wieder an. Karin ist im Urlaub und Natascha hat Magen-

Darm-Grippe", erklärte Markus ironisch versöhnlich.

Parme wir haben gute Neuigkeiten. Aberschah ist zur fraglichen Zeit nach Stuttgart geflogen. Außerdem hat er zweimal mit Stuttgart telefoniert. Die Nummer ist allerdings gesperrt. Entweder gehört die Telefonnummer einer wichtigen Persönlichkeit, oder die haben über eine Gesellschaft auf einer Südseeinsel übers Internet telefoniert. Das kann dauern, bis wir die Nummer haben", sagte Claus.

„Aberschah ist nach Stuttgart geflogen? Das ist doch was", freute sich Parme.

„Hier hast du die genauen Flugdaten. Wenn wir mehr wissen, rufen wir dich an. Komm gut nach Hause", sagte Markus.

Die anderen nickten und wünschten ihr alles Gute.

Markus brachte Parme mit dem Fahrstuhl nach unten.

„Toller Abend gestern, Danke. Und grüß' mir deinen Mann schön. Hast mich", sagte Markus Parme umarmend.

„Tschüss, du rosa Hengst. Grüß' mir den Rest der Mannschaft. Komm doch mal nach Stuttgart, wir haben auch was zu bieten", verabschiedete sich Parme.

Zurück im Hotel ließ sich Parme die Rechnung geben. Mit ihrem Koffer in der Hand ging sie Richtung Flughafen. Nach einem Kilometer hatte sie keine Lust mehr zu laufen und nahm sich ein Taxi. Im Taxi dachte sie an Azargoschasb. Er gründete eine Familie mit einer deutschen Frau. Er war wie es so hieß integriert. Nur die letzten Jahre verhielt er sich wie ein Illegaler. Seine iranische Verwandtschaft tat sich offensichtlich auch nicht schwer mit der westlichen Mentalität. Am Flughafen angekommen, bezahlte Parme ihr Taxi und ging zum Flugschalter der Lufthansa.

„Guten Morgen, Kriminalpolizei!", grüßte Parme die Flughafenangestellte und zeigte ihren Dienstausweis. „Ich muss die Fluglisten des Fluges A 3854 vom 3. Juni einsehen!",

„Einen kleinen Moment, bitte. Ich rufe im Büro der Leitzentrale an", antwortete die Flughafenangestellte freundlich.

Sie sprach in den Telefonhörer und studierte Parmes Polizeiausweis. Sie beendete das Gespräch, legte auf und wandte sich Parme zu.

„Entschuldigen Sie die kleine Wartezeit. Bitte fahren Sie mit dem Aufzug dort hinten in den zweiten Stock. Sie werden vom Leitzentralleiter Herrn Dr. Walker erwartet", sagte die Flughafenangestellte lächelnd.

Parme bedankte sich und ging zum Aufzug. Als sie ihn betrat, dachte sie kurz über Sicherheitsvorkehrungen nach. Auf dem Flugplatz war es ähnlich wie beim K3 im Gebäude der ehemaligen Stasi. Erst wird telefoniert und dann darf man den Aufzug besteigen. Dieser Sicherheitsstandard war nur mit hoher technischer Ausstattung möglich. Was passierte da eigentlich bei einem Stromausfall? Bevor Parme weiterdenken konnte war sie im zweiten Stock angekommen. Die Fahrstuhltüre öffnete sich. Sie betrat den Flur und ging auf einen wartenden Herrn zu.

„Guten Morgen Herr Dr. Walker. Kriminalkommissarin Parme aus Stuttgart. Wie wir erfahren haben ist ein gewisser Aberschah aus Berlin am 3. Juni mit der Maschine A 3584 nach Stuttgart geflogen. Ich würde gerne die Passagierliste einsehen", brachte Parme ihr Anliegen vor.

„Guten Morgen Frau Kommissarin, selbstverständlich, bitte folgen Sie mir ins Büro", antwortete Herr Dr. Walker.

Sie betraten ein geräumiges Büro, durch dessen Fenster man auf die Rollbahn sehen konnte. Parme sah drei Flugzeuge, die auf ihre Starterlaubnis warteten. Durch eine geöffnete Tür sah sie mehrere Männer vor Kameras und Mikrofonen stehend oder sitzend und in Mikrofone sprechen.

„Nehmen Sie doch bitte Platz. Möchten Sie einen Kaffee?"
Parme nickte.
„Florence, bitte bringen Sie uns zwei Kaffee und Milch und

Zucker.

So, bitte schön, hier im Computer sind alle Daten gespeichert. Eine Moment, ich öffne die entsprechende Maske. Da ist sie schon. Warten Sie, ich drehe den Bildschirm etwas", sagte Dr. Walker und drehte den Bildschirm zu Parme hin.

Eine junge Frau betrat den Raum.

„Ah, der Kaffee, darf ich vorstellen, das ist unsere Praktikantin Florence. Und das ist Frau Kommissarin Parme aus Stuttgart. Florence, würden Sie uns bitte die entsprechenden Daten vom Flug A 3584 raussuchen?", fragte Dr. Walker seine Praktikantin.

Diese setzte sich eifrig an den Computer und tippte Zahlen ein.

„Hier bitte schön, soll ich es ausdrucken?", fragte sie diensteifrig.

„Ja, tun Sie das bitte, und geben Sie die Liste der Frau Kommissarin", antwortete Dr. Walker.

Parme sah auf die Liste und fand Aberschah auf Platz 8.

„Ist das erste Klasse?", fragte Parme, den Finger auf den Namen gehalten.

„Ja, bei Inlandsflügen, ja", antwortete die Praktikantin.

„Könnten Sie bitte noch herausfinden, wann Aberschah zurückgeflogen ist?", fragte Parme.

„Selbstverständlich", antwortete die Praktikantin, freudig was zu tun zu haben.

„Einen Moment, ich lasse den Namen im Zeitraum der letzten zwei Wochen über die Suchmaschine laufen. Hier ist er. Einen Tag später flog er zurück. Warten Sie, ich drucke Ihnen die Passagierliste."

Parme sah sich auch diese durch. Neben Aberschah stand ein ihr bekannter Name. Herr Arndt aus Stuttgart. Einer der Männer, die die Leiche von Azargoschasb auf dem Brachgelände der Bundesbahn in Stuttgart gefunden hatten.

„Darf ich mal telefonieren?", fragte Parme den Telefonhörer in die Hand nehmend.

Es klingelte dreimal.

„Hallo Horst, ich bin es Parme. Gibt es was Neues in unserem Fall?"

Horst hatte keine wesentlichen Fortschritte zu berichten.

„Hier habe ich was Interessantes gefunden. Gehe bitte zu Herrn Arndt, ja dem Stadtbeamteten, ja dem Zeugen und frage ihn, warum er in der Maschine am 4. Juni von Stuttgart nach Berlin neben Aberschah gesessen hat. Ja, aber geh' sachte vor.

Ruf mich bitte an, sobald du was weißt. Ich bleibe solange noch in Berlin. Bis morgen zum Stuhlkreis", sagte Parme und legte lachend auf.

Florence sah unsicher zu Parme. Diese sah sie grinsend an.

„Das ist unsere Bezeichnung für die morgendliche Konferenzbesprechung. Ein Kollege, dessen Kind in den Kindergarten geht, hat unseren morgendlichen Termin einmal im Spaß mit dem Stuhlkreis im Kindergarten verglichen. Und wie das so ist, so etwas bleibt gerne hängen", erklärte Parme freundlich.

Dr. Walker nickte.

„Morgendliche Lagebesprechungen sind mir bekannt", antwortete er gefasst,

„Wann ist Herr Arndt zurückgeflogen?", fragte Parme.

„Am selben Abend", antwortete Florence

„Die Passagierlisten nehme ich mit. Bevor ich gehe, könnten Sie nachsehen, ob im letzten Jahr ein Herr Azargoschasb geflogen ist?", fragte Parme zweifelnd.

Der Computer lief die letzten 15 Monate durch. Der Name tauchte auf keiner Passagierliste auf.

„Nein, gut. Danke Florence für die schnelle Recherche und auch für den Kaffee. Wenn Sie mal ein Praktikum bei der Polizei machen wollen, wenden Sie sich an mich. Flotte junge Frauen können auch wir gut gebrauchen. Hier ist meine Karte. Auf Wiedersehen Herr Dr. Walker. Ich finde alleine nach unten", verabschiedete sich Parme per Handschlag.

Dr. Walker geleitete Parme zum Aufzug und verabschiedete sich dort nochmals.

Parme verließ das Flughafengelände. In ihrer Handtasche waren drei Passagierlisten.

Sie ging zum Taxistand und ließ sich in die Nähe des Teppichgroßhandels Nazar fahren. Sie setzte sich in ein naheliegendes Café und wartete auf Nachricht von Horst. Den Eingang zum Teppichgeschäft hatte sie gut im Blick.

Es vergingen zwei Stunden ohne dass Parme von Horst Nachricht erhielt. Parme hatte schon den dritten Milchkaffee getrunken. Ihr Atem roch herb. Das Teppichgeschäft wurde gut besucht. Im Durchschnitt alle zehn Minuten betrat ein potentieller Kunde das Geschäft von Herrn Nazar. Die Mittagszeit war fast vorüber. Eine junge adrette Angestellte kam heraus und wandte sich in Richtung Café.

Sie betrat den Raum, in dem Parme saß.

„Hallo, Mittagspause! Was gibt es denn heute für leckere Stullen?", fragte die junge Angestellte.

„Frischkäse auf Ruccola-Bett mit Kirschtomaten", antwortete der Kellner.

„Lecker, bitte einmal und einen Bitterlemon. Kaffee mag ich nicht mehr sehen. Die Kundschaft wollte heute ständig Espresso, wir machen dir Konkurrenz, weißt du das? Pff", bestellte die junge Angestellte lachend.

„Ne, lasst mal euren modernen Kaffeepad-Apparat bei euch stehen. So was kommt mir nichts ins Haus. Und dann die billigen Pads vom Lidl, ich kenne das doch. Kein Vergleich zu unserem original italienischen Gaggia-Imitat. Bitt'schön das Baguette, die koffeinsüchtige Dame", neckte der Kellner.

Parme blickte auf ihr Handy. Es war eingeschaltet und still.

„Bitte für mich dasselbe wie für die junge Dame", bestellte Parme nervös.

Jetzt war sie in Berlin und saß in einem Café fest. Warum meldete Horst sich nicht? Das konnte doch nicht so schwer sein, Herrn Arndt zu fragen, ob er Aberschah kannte, ärgerte sich Parme. Die junge Angestellte hatte fertig gegessen und getrunken. Sie bezahlte und ging mit einer Zigarette im Mund wieder arbeiten. Parme sah ihr missmutig nach.

Endlich läutete das Handy von Parme.

Sie drückte sofort auf den Annahmeknopf.

„Warum dauert das denn so lange?", polterte Parme los, ohne zu warten, wer sich am anderen Ende des Apparates meldete.

Ein Räuspern kam durch die Leitung.

„Guten Tag, Frau Kommissarin, hier spricht Arndt. Ihr Kollege ist bei mir und teilte mir mit, dass Sie mich dringend sprechen wollen.

Nein, Sie brauchen sich nicht zu entschuldigen. Aus Ihrer Begrüßung ist deutlich zu hören, dass es dringend ist. Ihr Mitarbeiter hat mich sogar aus einer Sitzung des Gemeinderates herausgeholt. Was wollen Sie wissen?", fragte Arndt direkt.

„Kennen Sie Herrn Aberschah?", fragte Parme, nachdem sie sich gefangen hatte, direkt zurück.

„Ja, aus Berlin. Er verkauft Teppiche", antwortete Herr Arndt.

„Wann haben Sie ihn zuletzt gesehen?", fragte Parme.

„Anfang des Monats. Warten Sie. Ja, ich erinnere mich, zwei Tage vor dem scheußlichen Fund. Er war in Stuttgart und zeigte mir Fotos von Orientteppichen. Ich interessiere mich dafür und stehe mit ihm unregelmäßig in Kontakt. Am nächsten Tag flogen wir zusammen nach Berlin. Ich schaute mir einige Exemplare an.

Wir kamen zu einem für ihn und mich erfolgreichen Verkaufsabschluss. Am selben Tag flog ich wieder zurück. Alleine", antwortete Herr Arndt.

Parme überlegte.

„Entschuldigen Sie vielmals, Herr Arndt, dass ich Sie aus der Sitzung herausholte. Ihre Aussage war sehr wichtig. Darf ich morgen bei Ihnen vorbeikommen und mich persönlich entschuldigen", fragte Parme.

„Ja. Ich zeige Ihnen gerne meine Teppichsammlung Frau Kommissarin. Auf Wiederhören", antwortete Arndt etwas von oben herab.

„Bis Morgen!", sagte Parme und legte auf.

Kurz darauf läutete ihr Handy ein zweites Mal. Es war Horst.

„Hey Parme. Alles o.k.?", fragte Horst.

„Ja, danke auch für die kleine Überraschung", sagte Parme schon versöhnlicher.

„Wie geht es jetzt weiter?", fragte Horst ungerührt.

„Ich gehe zu Aberschah und lasse mir die Aussage von Herrn Arndt bestätigen. Du gehst zu Wunderlich und zeigst ihm das Foto von Aberschah. Frag ihn, ob er ihn schon mal gesehen hat. Oder einen Anruf bekommen hat, bei dem es in irgendeiner Art um den Teppich ging. Melde dich dann wieder bei mir. Vorher steige ich nicht in den Zug. Tschüss", sagte Parme und legte auf.

Sie bezahlte ihre Rechnung und ging über die Straße auf das Teppichgeschäft zu. Sie öffnete die Eingangstür und betrat den Raum. Es war eine große Eingangshalle voll mit Stapeln von Teppichen. Es sah aus wie Kisten auf dem Großmarkt für Gemüse. An den Wänden führten fünf beleuchtete Gänge in orangegefärbtes Licht. Die junge Angestellte, die Parme in der Café-Bar gesehen hatte, kam auf sie zu.

„Guten Tag, Sie sind das erste Mal bei uns?", fragte die junge

Dame freundlich.

„Ja, ich möchte gerne zu Herrn Aberschah", sagte Parme und überreichte seine Karte.

„Einen Moment bitte. Ich sehe nach, ob er mit dem Mittagessen fertig ist. Sie können sich solange an der kleinen Theke dort hinten bedienen", sagte sie und verschwand.

18

Parme blieb stehen und blickte der jungen Frau nach, in die gelb erleuchteten Gänge.

Heraus trat Aberschah. Er kam mit ausgestreckter Hand und freudigem Blick direkt auf Parme zu. Es tat Parme fast leid, dass sie nicht die mit Einrichtungsproblemen beschäftigte Frau aus Baden-Baden war, sondern die in einem Mordfall ermittelnde leitende Kommissarin.

„Guten Tag Herr Aberschah", sagte Parme angriffslustig.

Sie wollte keinen Smalltalk zulassen. Das hätte alles nur schwerer gemacht. Obwohl, dachte sie, vielleicht sollte sie sich doch als Kundin verwöhnen lassen? Sie könnte ja währenddessen das K3 anrufen, damit die das Formelle machen. Die Idee gefiel ihr und sie disponierte um. Es hatte auch den Vorteil, dass Aberschah sich bei der Arbeit ungezwungener verhielt.

„Hallo, schöne Frau. Ohne Ihren charmanten Begleiter heute. Seien Sie ehrlich, er ist bei der Konkurrenz?", schäkerte Aberschah.

Parme errötete leicht und nickte. Irgendwie stimmte es ja.

„Kommen Sie mit nach hinten. Ich mache uns beiden einen guten Tee, einen Chai und dann zeige ich Ihnen, wovon ich gestern gesprochen habe", sagte Aberschah zuvorkommend und machte eine angedeutete Verbeugung. Er wies ihr den Weg und ließ sie vorangehen.

Sie betraten einen niedrigen Raum. Weiches Licht empfing Parme. Ihre Füße berührten dicke Teppiche. Sie zog spontan ihre Schuhe aus. Aberschah lächelte. Er wusste wohl über die Wirkung des Ambientes auf Europäer. Der Raum strahlte in der Faszination aus den Märchen von Tausend und einer Nacht.

Parme sah sich auf einem Bazar. Im Hinter-Raum, fernab der lauten Stimmen der Händler. Mitten im Orient. Sie setzte sich auf einen Stapel Teppiche. Dezenter Weihrauchgeruch war ringsum. Aberschah schenkte in zwei kleine Gläser dunklen Tee. Er reichte ihr ein Glas hinunter und setzte sich ihr gegenüber auf einen anderen Stapel Teppiche.

„Nehmen Sie Zucker dazu, dann schmeckt er besser", forderte Aberschah sie freundlich auf.

Parme tat wie ihr geraten wurde und ließ zwei Würfelzucker in das kleine Glas plumpsen.

„Schön solche Teppiche. So weich zum Sitzen", sagte Parme.

„Ja nicht wahr. Die sind noch für ganz andere Sachen sehr bequem", antwortete Aberschah leicht anzüglich.

Parme errötete. Aberschah war wirklich ein attraktiver Mann.

„Nun fangen Sie nicht an, mich abzulenken. Zeigen Sie mir lieber ein Stück für den Empfangsraum. Und eines für unser Arbeitszimmer, der darf gerne auch sehr weich sein", sagte Parme grinsend.

„Sehen Sie einmal nach unten. Sie sitzen darauf. Das ist ein ausgesprochen schöner Teppich. Und von der Größe ideal für einen Raum zum ruhigen Zurückziehen. Jeder Teppich in diesem Raum ist dafür ausgesucht. Hier haben wir unsere dicken, flauschigen Teppiche. Sie sind für die Muse. Manche sind einfacher, manche sind auch Wertanlagen", sagte Aberschah.

„Woran erkenne ich den Unterschied?", fragte Parme neugierig.

„Der auf dem Sie gerade sitzen ist ein einfacher. Gute saubere Arbeit. Mit Pflanzenfarben gefärbt. Ohne Kinderarbeit. Auch der auf dem ich sitze ist ein schönes Stück, das auch die Erben noch gerne benutzen werden. Warten Sie", sagte Aberschah und stand auf. Er zog seinen Teppich herunter.

Darunter kam ein Teppich in feinen Blautönen hervor.

„Das hier ist eine Wertanlage. Reine Seide. Der Teppich ist über 100 Jahre alt", sagte Aberschah ruhig.

Parme staunte. Der Teppich sah aus wie neu.

„Sie staunen. Richtige Perserteppiche sind für eine kleine Ewigkeit gemacht. Sie werden auf der Straße gewaschen, geschrubbt, mit Flammen abgebrannt. Das macht sie so lebendig", erklärte Aberschah lächelnd.

„Dieser Teppich hat ein Zertifikat. Er ist registriert und Sie können ihn in speziellen Magazinen finden. Fühlen Sie mal. Legen Sie sich darauf. Schließen Sie die Augen, fühlen Sie ihn", forderte Aberschah sie auf.

Parme tat wie ihr geheißen wurde.

„Was kostet so ein Stück?", fragte sie verträumt.

„58.000 Euro", antwortete Aberschah bestimmt.

„Und mein vorheriges Sitzkissen?", fragte Parme leise.

„8.000 Euro", antwortete Aberschah lächelnd.

„Was passiert wenn ich das Zertifikat verliere?", fragte Parme.

„Ein Gutachter kommt", antwortete Aberschah.

„Das ist alles? Woran erkennt der den Unterschied von 50.000 Euro?", fragte Parme.

„Das ist sein Geheimnis. Kompetente Gutachter gehören zu den bestbezahlten Menschen. Wussten Sie das?", antwortete Aberschah.

„Und wenn mir der Teppich gestohlen wird?", fragte Parme.

„Gnädigste, Sie werden doch wohl so ein edles Stück versichern", antwortete Aberschah leicht empört.

„Ja schon, aber nehmen wir mal an, der Teppich wird gestohlen. Ich habe aber noch das Zertifikat. Kann der Dieb dann den Teppich verkaufen?", fragte Parme.

„Illegal, auf dem Schwarzmarkt, aber nur weit unter seinem wirklichen Wert. Der Teppich wird international in Fachkreisen ausgeschrieben und als gestohlen gemeldet. Die Papiere sind das eine, der Teppich das andere", antwortete Aberschah lächelnd.

„Haben sie solche Teppiche da? Ich meine wertvolle, aber ohne Zertifikat", fragte Parme.

Aberschah lachte.

„Nein. Wir haben manche Teppiche, die noch nie ein Zertifikat hatten, obwohl ich persönlich denke, sie hätten es verdient. Aber Hehler-Ware? Nein, da muss ich Sie enttäuschen. Das haben wir schon angeboten bekommen. Doch ein Blick auf den Teppich, ein zweiter in die einschlägigen Kataloge und die schon erwähnte Sondervermisstenliste genügt. Wir rufen dann die Polizei. So macht es jeder Teppichhändler, der was auf sich hält", antwortete Aberschah beruhigend.

„Darf ich bitte einmal ins Badezimmer? Ich muss mal in Ruhe darüber nachdenken", log Parme.

„Selbstverständlich", antwortete Aberschah verständnisvoll.

Er zeigte ihr den Weg zum Waschraum. Parme schloss hinter sich die Tür zu. Sie telefonierte mit dem K3.

„Schickt mir einen Ermittlungsbeamten ins Teppichgeschäft Nazar. Er soll sofort herkommen. Mich braucht er nicht zu erkennen, ich bin Kundin, o.k.? Er soll Aberschah nach seinem Flug nach Stuttgart befragen. Warum und wen er in Stuttgart getroffen hat", bestimmte Parme am Telefon.

Parme saß auf dem Klo und überlegte: „Wer war der Mörder von Azargoschasb? Herr Wunderlich hatte den Teppich, die Originalpapiere waren verschwunden, Herr Saleh Nazar war der letzte registrierte offizielle Besitzer, Herr Aberschah hatte den Teppich an Azargoschasb verkauft, Azargoschasb war verschuldet, ihm saßen Gläubiger im Nacken, er versteckte den Teppich bei Herrn Wunderlich, Azargoschasb brauchte Geld für seine Tochter, der Teppich war sein einziges Kapital. Nun ist Asargoschasb tot. Was hat sich jetzt geändert, nachdem die Polizei den Teppich konfiszierte? Der Teppich geht zurück an Herrn Nazar. Mehr nicht.

Was hätte ohne das Eingreifen der Polizei passieren können? Wunderlich hätte den Teppich ohne Papiere behalten. Angenommen Aberschah hat die Papiere und er wüsste, wo der Teppich ist, dann hätte er ihn gerichtlich einfordern oder einfach stehlen können. Und was ist, wenn Wunderlich erfahren hat wo die Papiere sind? Dann hätte er ein Motiv die Papiere zu stehlen. Er hätte den Teppich behalten können. Wie hätte er an die Papiere gelangen können? Von Azargoschasb? Sein Zimmer im Hallschlag war nicht durchwühlt worden. Außerdem, wenn die Papiere in Wunderlichs Besitz gewesen wären, hätte er sie vorgezeigt. Er wäre damit der rechtmäßige Besitzer. Nein, er konnte die Papiere nicht haben.

Wo sind dann die Papiere? Wir müssen nochmals die Wohnungen der Beteiligten durchsuchen. Auch im Hallschlag, vielleicht sind sie noch dort."

Parme zog die Klospülung und erschrak über das laute Wasserrauschen. Sie rief nochmals im K3 an und forderte einen Beschluss der Staatsanwaltschaft zur Hausdurchsuchung für das Büro des Herrn Aberschah im Teppichhaus Saleh Nazar und am besten auch für seine Privatadresse. Gesucht wurde das Zertifikat des Kaschan-Teppichs auf den Namen Saleh Nazar. Den Beschluss sollte der Kollege gleich mitbringen. Sie würde derweil mit der Befragung anfangen. Sie verließ den Waschraum mit einem klaren Plan, wie sie jetzt vorgehen würde.

Wieder bei Herr Aberschah angekommen lächelte Parme

Aberschah schräg an und zückte ihren Dienstausweis.

„Kommissarin Parme aus Stuttgart, Baden-Württemberg. Es tut mir leid, dass ich unser interessantes Verkaufsgespräch unterbrechen muss. Sie saßen am 3. Juni in der Maschine von Berlin nach Stuttgart. Warum?", fragte Parme direkt.

„Ich dachte mir schon, dass Sie nicht nur eine Touristin sind. Bin gespannt um was es geht", erwiderte Aberschah lächelnd.

„Beantworten Sie bitte meine Frage. Was machten Sie in Stuttgart?", fragte Parme nochmals.

„Geschäfte. Ich traf einen langjährigen Kunden, der einen Teppich kaufen wollte. Die Adresse kann Ihnen unsere Sekretärin geben. Am nächsten Tag flogen wir beide zurück nach Berlin. Der Kunde kaufte einen Teppich und flog wieder nach Stuttgart. Für gute Kunden ist mir kein Weg zu weit", grinste Aberschah.

„Haben Sie noch jemand anderes in Stuttgart getroffen?", fragte Parme.

„Jede Menge Leute im Hotel, auf der Straße, im Nachtclub. An wen denken Sie speziell?", fragte Aberschah zurück.

„Ein Verwandter von Ihnen, Herrn Azargoschasb", sagte Parme direkt.

Aberschah zuckte leicht zusammen. Sein Gesicht wurde eisern.

„Azargoschasb ist tot, sagte mir mein Onkel. Ich habe ihn eine kleine Ewigkeit nicht mehr gesehen. Wie kommen Sie denn auf die Idee ich hätte mich in Stuttgart mit ihm getroffen, Frau Kommissarin?", fragte Aberschah.

„Für gute Kunden ist Ihnen doch kein Weg zu weit. Dann legen Sie für Großabnehmer sicherlich den roten Teppich aus. Sie tragen sie auf Händen, nicht wahr Herr Aberschah?", fragte Parme ernst.

„Sie wissen gut Bescheid. Die Geschichte ist schon lange her. Hat Ihnen mein Onkel davon erzählt?", entgegnete Aberschah anerkennend.

„Es gibt noch einen wertvollen Teppich. Einen Kaschan. Die Papiere sind verschwunden. Wissen Sie wo sie sind?", fragte Parme.

„Interessant. Vor Wochen erhielt ich einen Anruf. Dort wurde mir dieselbe Frage gestellt. Die Papiere hat Azargoschasb. Dasselbe habe ich dem Anrufer auch geantwortet", sagte Aberschah.

„Wer hat Sie angerufen?", fragte Parme.

„Das weiß ich nicht mehr", sagte Aberschah und schaute treuherzig.

„Ich denke Sie haben die Papiere damals behalten. Und haben sich in Stuttgart mit Azargoschasb getroffen. Sie wollten den Teppich und wedelten mit den Papieren. Sie wissen, dass Ihr Cousin Geld brauchte. Er wollte seinen Teppich veredeln. Bot er Ihnen den Teppich zum Rückkauf an?", fragte Parme.

Aberschah zögerte.

Parme blieb ruhig und sah ihn an.

Es klingelte im Laden. Kurz darauf führte die junge Dame einen uniformierten Polizisten in den Raum.

„Herr Aberschah, die Polizei wünscht Sie zu sprechen. Soll ich etwas zu trinken bringen?", fragte die junge Dame.

Alle schüttelten den Kopf.

„Hier ist ein Durchsuchungsbefehl für Ihr Büro und Ihre Wohnung. Bitte zeigen Sie uns zuerst Ihr Büro", sagte der Polizist fordernd und zeigte den Durchsuchungsbeschluss.

Aberschah ging voraus in sein Büro. Parme und der Polizist folgten ihm.

Das Büro war sehr exklusiv eingerichtet. Ein großer mahagonifarbener Schreibtisch aus der Jahrhundertwende stand als Solitär auf einem wunderbaren Teppich. Die Wände zierten Sideboards in Knie-Höhe. Neben einer großen Glasfront stand eine Couchecke im Bauhausstil. Vor den Fenstern befand sich eine Bronzefigur, die einen auf einem gekräuselten Teppich sitzenden Mann darstellte.

Parme lächelte und erinnerte sich an die Träume ihrer Kindheit. Wie oft wünschte sie sich einen fliegenden Teppich. Sie versuchte es sogar einmal mit einem Gebet. Das brachte natürlich auch nichts. Und nun lag er vor ihr, in Form einer kühlen Bronzefigur. Die Erinnerung Parmes an ihren Kindheitswunsch milderte die Schwere der augenblicklichen Situation angenehm. Aberschah hatte wenigstens Geschmack, fand Parme.

„Bitte öffnen Sie ihren Schreitisch und legen den gesamten Inhalt heraus", sagte der Polizist.

Aberschah trat an seinen Schreibtisch und öffnete ihn mit einem verzierten Schlüssel, den er an einer goldenen Kette an seinem Hosenbund befestigt hatte. Der Polizist stand hinter Aberschah. Parme vor dem Schreibtisch.

Der Polizist sah routiniert die Papiere durch. Ein Päckchen Kondome im unteren Fach interessierte ihn nicht weiter. Parme wechselte kurz den Blick von Aberschah zum Teppich und zurück. Aberschah strich sich mit dem Finger leicht über seine Lippen. Niemand sprach.

„Bitte öffnen Sie das Geheimfach des Schreibtisches", befahl der Polizist.

Aberschah nahm ohne zu protestieren einen kleinen Schlüssel zu Hand und drückte unter der Schreibtischplatte einen unauffälligen Holzzapfen. Eine kleine Holzverblendung sprang auf und dahinter kam ein Fach zum Vorschein, in dessen Schloss Aberschah den Schlüssel steckte. Er ging zur Seite, der Polizist holte den Inhalt heraus und legte ihn auf die Schreibtischplatte. Das meiste waren Zertifikate. Parme wurde unruhig.

„Das gesuchte Zertifikat ist nicht dabei", sagte der Polizist trocken.

Parme sah sich im Raum um. Sie ging zu drei Ölbildern und hob das erste von der Wand. Sofort ertönte ein lauter schriller Ton und erfüllte das Haus. Schnell hing Parme es zurück und es wurde augenblicklich wieder still.

„Können Sie bitte die Alarmanlage ausschalten", herrschte Parme Aberschah an.

„Sofort", antwortete Aberschah und stand auf. Parme glaubte ein verstecktes Grinsen in seinem Gesicht gesehen zu haben.

Sie ignorierte es, obwohl sie merkte, dass langsam Groll in ihr aufstieg. Es ging hier um Mord und keine Kleinebubenstreiche.

Parme sah hinter alle drei Bilder. Sie fand nichts. Sie schaute sich im Raum um. Ihr Blick blieb auf der Bronzefigur ruhen.

„Herr Aberschah ist dahinter auch ein Geheimnis versteckt", fragte Parme.

Aberschah zuckte die Schultern und blickte verlegen vor sich hin.

Parme berührte die Figur mit ihren Händen. Der Mann war auf den Teppich aufgesetzt. Vorsichtig hob sie den Mann hoch und drehte ihn um. Er war innen dunkel und hohl. Ihr Zeigefinger tastete ringsum. Es knisterte leicht und Parme zog ein Stück Papier heraus. Es war eine Widmung des Künstlers an Aberschah.

Parme sah Aberschah an. Er hatte immer noch diesen verlorenen Silberblick. Sie führte ihren Finger nochmals in die Figur hinein und zog ein zweites Papier heraus. Und da war es, wonach sie gesucht hatte. Das Zertifikat.

Parme atmete tief aus und wandte sich an Aberschah.

„Sie kommen mit aufs Revier. Ihre Aussage wird protokolliert. Danach entscheidet der Staatsanwalt, ob Sie ins Untersuchungsgefängnis kommen oder nach Hause gehen dürfen. Ich fahre jetzt nach Stuttgart zurück und rekonstruiere Ihre Zeit zwischen Ankunft und Abflug in Stuttgart. Wir hören voneinander Herr Aberschah. Danke Kollege", verabschiedete sich Parme von b eiden und verließ den Raum.

Sie wandte sich beim Hinausgehen an die junge Dame.

„Ihr Chef kommt mit auf das Revier. Er muss eine Aussage

machen. Sie geben mir bitte die Adresse von dem Kunden aus Stuttgart, den er am 3. Juni diesen Jahres besucht hat", bat Parme freundlich aber bestimmt.

„Einen Moment, ich suche die Adresse gleich heraus. Hier ist sein Terminkalender. Ein Herr Arndt aus Stuttgart. Warten Sie, hier ist seine Karte. Ich mache Ihnen eine Kopie. Bitte schön. Bleibt Herr Aberschah lange weg?", fragte die junge Dame unsicher.

„Das wird sich erst zeigen. Sie sollten Herrn Nazar anrufen, dass er so lange eine Vertretung ins Geschäft schickt", antwortete Parme und verabschiedete sich.

19

Zuerst rief Parme Horst an und fragte, ob sich noch etwas ergeben hätte, was sie vor Ort erledigen könnte. Danach stieg sie in den Nachtzug nach Stuttgart und bat den Schaffner, in Höhe von Vaihingen-Enz geweckt zu werden. Die Nacht durch schlief sie ruhig. Gegen halb sechs klopfte es an ihr Abteil. „Verehrte Frau, Vaihingen-Enz, Sie wollten geweckt werden!"

„Dankeschön!", rief Parme zurück.

Sie hörte wie der Bahnbeamte sich wieder entfernte und den Gang weiter lief. Parme zog sich an und ging in den Waschraum. Sie wusch sich die Hände und das Gesicht mit Feuchttüchern. Die Zähne putzte sie nur mit einer Mundspülung. Das musste vorerst reichen. Das Haar war schnell gebürstet. Ein wenig Lippenstift, und sie war zufrieden. Sie holte ihr Gepäck aus dem Abteil und nahm es mit in den Speisewagen.

„Bitte einen Milchkaffee und ein Croissant!", bestellte Parme.

Als der Zug in Stuttgart einfuhr, trank sie den letzten Schluck Kaffee, trat auf den Gang hinaus und blickte frisch und fit in die verschlafenen Gesichter ihrer Mitreisenden.

Parme ging als erstes in ihr Büro. Es war kurz nach sechs und das Gebäude war bis auf die Bereitschaft leer.

„Morgen Parme, bist du aus dem Bett gefallen?" fragte der anwesende Kollege.

„Ich komm' direkt aus Berlin, schöne Grüße vom K3. War hier viel los?", fragte Parme.

„Das übliche Theater, der Fernsehturm steht noch", antwortete Walter gut gelaunt.

„Ich geh' kurz ins Büro und dann nach Hause, muss mich umziehen. Mach's gut Junge", verabschiedete sich Parme.

Sie ging durchs Treppenhaus in den zweiten Stock und wandte sich im Gang nach rechts. Vor ihrer Bürotür angekommen zögerte sie kurz. Es stand ein Strauß Blumen vor ihrer Tür, mit einem Kärtchen von Herrn Arndt.

„Entschuldigung, dass ich etwas ungehalten war, bitte kommen Sie doch heute Vormittag um 10 Uhr bei mir vorbei", stand darauf.

Parme nickte. Sie wollte Herrn Arndt sowieso anrufen und einen Termin vereinbaren. Das hatte sich jetzt erübrigt.

Parme betrat ihr Büro. Sie suchte ein Gefäß für die Blumen. Auf ihrem Schreibtisch lagen vier Protokolle von den Vernehmungen der Zeugen, die Teppiche oder Bilder von Azargoschasb gekauft hatten. Parme las sie durch. Neue Erkenntnisse ergaben sich daraus nicht. Sie selbst versprach sich von einer weiteren Verfolgung dieser Spuren nichts. Um diesen einen Kaschan ging es, davon war Parme überzeugt.

Sie nahm ein Schreiben von Rechtsanwalt Zimmer in die Hand. Darin forderte er im Namen seines Mandanten, Herrn Wunderlich, die Herausgabe des Teppichs. Parme lächelte und griff kurz nach 7 Uhr zum Telefon. Die Verbindung wurde aufgebaut.

„Rechtsanwalt Zimmer. Wer spricht dort bitte?", klang es schon recht munter am anderen Ende der Leitung.

„Guten Morgen Herr Dr. Zimmer, hier spricht Kommissarin Parme. Sie fordern in Ihrem Schreiben die Herausgabe des Teppichs, den wir in der Wohnung von Herrn Wunderlich sichergestellt haben. Ich muss Sie leider enttäuschen. Der Teppich wird nach Abschluss der Ermittlungen an den laut Dokumenten rechtmäßigen Besitzer, Herrn Saleh Nazar in Berlin, zurückgegeben. Ich faxe Ihnen die Unterlagen durch, dann können Sie sich ein eigenes Bild machen. Nach meinem Stand der Ermittlungen muss sich eher Herr Wunderlich für die Nutzung fremden Eigentums rechtfertigen, Herr Nazar hat die Fakten auf seiner Seite", sagte Parme.

„Faxen Sie mir bitte die Unterlagen. Ich werde die Angelegenheit prüfen und mich mit meinem Mandanten beraten. Danke für das Gespräch, Frau Kommissarin. Auf Wiederhören", erwiderte Rechtsanwalt Zimmer und legte auf.

Parme schrieb Horst einen Zettel, legte ihn in sein Büro und ging nach Hause, um sich zu duschen und umzuziehen.

„Morgen Schatz", weckte sie ihren Mann, der noch selig schlief und leise vor sich hin grunzte.

„Morgen, da bist du ja, komm her", forderte er Parme auf und hielt die Decke hoch.

„Nein, lass, ich muss duschen … na gut … fünf Minuten, dann muss ich aber wieder los", lachte Parme und kuschelte sich zu ihrem Mann ins warme Bett.

Kurz darauf stand Parme unter der Dusche. Fertig angezogen mit einem leichten Leinenkostüm verabschiedete sie sich von ihrem Mann.

„Es kann spät werden heute Nacht. Tschüss Alter."

Parmes Mann drehte sich genüsslich zur Seite und schlief weiter.

Kurz vor 9 Uhr stand Parme wieder in ihrem Büro. Sie ging mit ihren Unterlagen in die wöchentliche Konferenz der Kommissare und berichtete. Sie bat um Unterstützung aller Abteilungen, besonders des Ordnungsamtes und der Sitte, um den Tag von Aberschah in Stuttgart zu rekonstruieren. Die leitenden Kommissare stellten ihr je zwei Beamte ihrer Abteilung für den heutigen Tag zur Verfügung. Parme war zufrieden und ging in ihr Büro um die Aktion zu koordinieren. Horst wartete schon auf sie.

„Horst, in einer halben Stunde kommen acht Kollegen der anderen Abteilungen. Wir versuchen heute den Aufenthalt des Herrn Aberschah in Stuttgart von der Ankunft am 3. Juni bis zu seinem Abflug am 4. Juni lückenlos zu rekonstruieren. Ich habe um 10 Uhr einen Termin bei Herrn Arndt, dort erfahre ich vielleicht schon das meiste. Die Kollegen vom Ordnungsamt sollen die Kameraaufzeichnungen der fraglichen Stunden am Rotebühlplatz, Wilhemsplatz, Charlottenplatz und Österreichischen Platz mit der Rasterfahndung auf Aberschahs Anwesenheit durchsehen. Auch die Taxifahrer müssen befragt werden. Die Kollegen der Sitte sollen in allen einschlägigen Etablissements der Altstadt nachfragen. Schwerpunkt Glückspiel und Frauen. Sie sollen bitte auch im Perkins Park auf dem Killesberg vorbeischauen. Der schöne Aberschah liebt das Nachtleben.

Die Kollegen von Diebstahl und Mord sollen das Personal von Teppichgeschäften und Auktionshäusern befragen. Vielleicht hat sich Aberschah dort blicken lassen. Unsere Kollegen sollen sich bereit halten, jeden möglichen Treffpunkt vom Hallschlag zum Killesberg zu überprüfen, ob Aberschah und Azargoschasb zusammen gesehen wurden. Sie sollen auch an die türkischen Cafés im Nordbahnhofviertel denken. Du bleibst bitte hier und koordinierst die Einsätze. Rufe auch Autohäuser und -vermieter an, vielleicht hat sich Aberschah ein Auto genommen hat", ordnete

Parme an und verließ ihr Büro.

Sie fuhr mit dem Taxi zu Herrn Arndt. Die Zeit war knapp. Vor dem Haus angekommen, genoss Parme den Ausblick auf den Talkessel. In ihrem zweiten Leben würde sie sich einen reichen Mann angeln, der auf dem Killesberg wohnte, da war sie sich sicher.

Herr Arndt kam ihr durch den Garten entgegen.

„Kommen Sie herein, Frau Kommissarin. Ich habe auf dem Balkon decken lassen, dort haben wir eine schöne Aussicht", bat Herr Arndt Parme in sein Haus.

„Dankeschön, ein herrlicher Blick. Zeigen Sie mir bitte zuerst den Teppich, den Sie am 4. Juni von Herrn Aberschah gekauft haben?", bat Parme.

„Selbstverständlich. Folgen Sie mir bitte", antwortete Herr Arndt locker.

Er führte Parme in ein Studierzimmer. Die dunklen Regale gingen bis unter die Decke des Raumes. Ein nussbaumfarbiger Schreibtisch stand in einer Ecke. Davor lag ein prächtiger großer dicker Perserteppich mit Rottönen und Weiß auf dem Holzparkett. Parme durchfuhr kurz der Gedanke an Aberschahs anzügliche Empfehlung zum Gebrauch von Perserteppichen. Sie seufzte leise.

„Der passt sehr gut hier rein. Eine gute Wahl", stellte Parme anerkennend fest.

„Setzen Sie sich darauf, Frau Kommissarin und Sie denken Sie fliegen. Haben Sie Aberschah kennengelernt?," fragte Herr Arndt.

„Ja, er wurde gestern zur Vernehmung aufs Revier mitgenommen. Ob er in Haft ist, weiß ich zurzeit nicht. Deshalb bin ich hier. Bitte erzählen Sie mir haargenau wie Sie mit Herrn Aberschah die Zeit vom 3. Juni auf den 4. Juni in Stuttgart verbracht haben", forderte Parme Herrn Arndt direkt auf.

Sie waren auf dem Balkon angekommen. Herr Arndt bot Parme einen Stuhl mit Blick auf den Talkessel und die gegenüberliegende Uhlandshöhe an. Er schenkte ihr Kaffee ein und stellte ein Glas Wasser dazu.

„Festgenommen? Das wäre schade, er ist ein so charmanter und kompetenter Verkäufer. Er hat großes Fachwissen über Teppiche und ein gutes Gespür für Ästhetik. Doch lassen wir das. Auf ihre Frage zurückkommend. Ich holte ihn um 16:30 Uhr am Flughafen in Stuttgart ab. Er war pünktlich mit der 16:12-Uhr-Maschine gelandet. Wir gingen zuerst in mein Haus. Er besah sich die Räumlichkeiten und machte erste Vorschläge für den Teppich. Danach tranken wir hier auf dem Balkon ein Glas Champagner. Wir gingen zu Fuß in die Stadt hinunter und er checkte im Hotel Marquardt ein. Zum Essen trafen wir uns mit meiner Frau und einer ihrer Freundinnen in der Stadt.

Abends gegen halb zehn fuhren wir mit dem Taxi nach Hause. Herr Aberschah ging ins Hotel um sich ebenfalls frisch zu machen. Wir hatten uns um 23 Uhr im Varieté Friedrichsbau verabredet. Dort trafen wir uns zu viert wieder. Die Vorstellung ging bis um ein Uhr nachts. Auf einen Bettabsacker sind wir noch ins Widmer in der Altstadt. Um zwei Uhr fuhren wir alle im Taxi zuerst in sein Hotel, wo er ausstieg, dann zur Freundin meiner Frau und zum Schluss hierher. Die Freundin wohnt drei Straßen weiter. Wir waren dann ungefähr um dreiviertel drei im Bett.

Gegen halb zehn am anderen Morgen holte Aberschah mich ab. Unser Flug ging um 11 Uhr. Wir fuhren direkt von hier zum Flughafen und dann nach Berlin. Das war alles", berichtete Herr Arndt.

„Also war Herr Aberschah abends von halb zehn bis 11 Uhr alleine in Stuttgart?" fragte Parme.

„Ja, ich denke er war im Hotel. Er hatte sich umgezogen und frisch gemacht", antwortete Herr Arndt.

„Wurde Aberschah irgendwo angesprochen?", fragte Parme.

„Außer den üblichen Floskeln in der Gastronomie ist mir nichts aufgefallen", antwortete Herr Arndt.

„Gut, das reicht mir. Danke sehr, Herr Arndt, und einen schönen Tag noch. Entschuldigen Sie nochmals meine Hartnäckigkeit gestern. Es war, wie Sie sich jetzt sicherlich denken können, dringend", sagte Parme und reichte ihm die Hand zum Abschied.

„Ganz meinerseits. Ich war nicht gerade freundlich zu Ihnen. Viel Erfolg, Frau Kommissarin", verabschiedete sich Herr Arndt und drückte kräftig ihre Hand.

Auf dem Weg ins Büro telefonierte Parme mit Horst.

„Neuer Zeitrahmen ist halb zehn abends bis 23 Uhr, Raum: Hotel Marquardt, Killesberg, Hallschlag, Nordbahnhof, Hauptbahnhof. Ich bin gleich zurück", gab Parme durch.

Auf der Dienststelle angekommen, ging Parme als erstes zum Chef. Sie klopfte, trat ein und zog die Tür hinter sich zu.

„Chef, ich brauche die Überstellung eines Verdächtigten aus Berlin nach Stuttgart. Und einen Durchsuchungsbeschluss für eine Wohnung auf dem Killesberg, der Richter verweigerte sie mir das letzte Mal", eröffnete Parme das Gespräch.

Der Chef nickte und forderte Parme auf weiter zu sprechen.

Wir haben einen Toten. Azargoschasb, Tötungszeit 3. Juni gegen 22 Uhr, Tatort Stuttgart-21-Gelände, hinter dem Hauptbahnhof. Der Gerichtsmediziner sagt plus minus eine Stunde. Das mutmaßliche Motiv, ein teurer Teppich, der bei einer Insolvenz unterschlagen und vermutlich von Azargoschasb bei einem Herrn Wunderlich versteckt wurde. Den Teppich haben wir in dessen Wohnung gefunden und sichergestellt. Rechtmäßiger Besitzer ist laut Zertifikat Herr Saleh Nazar, Teppichgroßhändler in Berlin. Vermittelt hat den Teppich sein Neffe Herr Aberschah, ebenfalls Berlin, vor Jahren an Herrn Azargoschasb. Das Zertifikat des Teppichs fanden wir bei Herrn Aberschah in Berlin.

Herr Aberschah war am Abend vom 3. Juni auf den 4. Juni zwischen 21:30 Uhr und 23:00 Uhr ohne Begleitung in Stuttgart. Ich denke Azargoschasb hat sich mit ihm getroffen. Er brauchte Geld und wollte vermutlich den Teppich veräußern. Laut Zeugin war Herr Azargoschasb am frühen Abend in der Nähe von Herrn Wunderlichs Haus gesehen worden. Die Kollegen suchen gerade fieberhaft nach einem Beweis für das Zusammentreffen. Wenn der Beweis erbracht wird, muss Aberschah hierher nach Stuttgart überführt werden. Ich brauche ihn hier", fasste Parme atemlos die Situation zusammen.

„Wofür den Durchsuchungsbeschluss?", fragte der Chef.

„Für die Wohnung von Frau Strubenhort. Sie ist Mieterin bei Herrn Wunderlich und wohnt im zweiten Stock. Sie ist wenig kooperativ und hält vermutlich mit Informationen hinterm Berg. Ich will wissen, ob auch sie Bilder von Azargoschasb gekauft hat. Ich brauche den Durchsuchungsbeschluss, um sie einzuschüchtern", erläuterte Parme trocken.

Der Chef sah Parme kurz scharf an und telefonierte dann mit dem zuständigen Richter. Parme erhoffte sich selbst keine Ergebnisse bezüglich der Wohnungsdurchsuchung. Die Strubenhort wusste aber mehr, als sie bisher preisgab. Die Ermittlungen hatten ergeben, dass sie zur fraglichen Zeit zuhause war. Und diesmal wollte Parme nicht an deren arroganter Fassade abtropfen.

„Du kannst den Durchsuchungsbeschluss abholen. Wegen Herrn Aberschah meldest du dich bei gegebener Zeit nochmals bei mir. Viel Erfolg", verabschiedete sich Parmes Chef.

Sie ging in ihr Büro. Horst erhob sich aus ihrem Sessel und streckte ihr seine Hand entgegen.

„Hallo, erst mal, heute morgen konnte ich dich nicht richtig begrüßen. Magst du einen Kaffee?", fragte Horst.

„Danke, das wäre nett, Horst", freute sich Parme.

„Das Gespräch mit Herrn Arndt war sehr aufschlussreich."
Horst nickte.

„Kannst du vom Richter den Durchsuchungsbefehl für die Wohnung von der Strubenhort abholen? Es ist mir ein Vergnügen die Dame von ihrer Arbeitsstelle nach Hause zu beordern. Arroganz kommt vor dem Fall", grinste Parme.

Dann erzählte sie von Berlin. Horst hörte aufmerksam zu und freute sich über die Geschichte mit Markus vom K3 im Pimpernell.

Dann ging Horst zum Richter. Parme nahm an ihrem Schreibtisch Platz und ging die ersten Meldungen der Kollegen durch.

Die Befragung der Taxifahrer erbrachte bisher nichts. Die Funkleitstelle überprüfte alle Fahrten rund um den Hauptbahnhof und das Hotel Marquardt Richtung Nordbahnhof. Die Kollegen vom Ordnungsamt halfen der Sitte, die türkischen Lokale, Vereine und diversen halblegalen Hinterhofwohnzimmer zwischen Hallschlag und Nordbahnhof zu überprüfen. Die Arbeit würde sich noch bis in die Abendstunden ziehen.

Horst kam mit dem Durchsuchungsbefehl zurück. Parme griff zum Telefon und rief die Strubenhort auf ihrer Arbeitsstelle an.

„Geschäftsleitung Marketing, Strubenhort am Apparat", meldete sie sich.

„Guten Tag Frau Strubenhort, hier spricht Kommissarin Parme. Wir hatten schon einmal das Vergnügen. Ich muss Sie bitten, sich auf der Stelle in Ihrer Wohnung einzufinden. Vor mir liegt ein Durchsuchungsbefehl. Meine Beamten und ich werden uns in fünf Minuten dort hinbegeben", erläuterte Parme trocken.

„Was erlauben Sie sich? Faxen Sie mir das bitte sofort durch. Ich werde mich umgehend mit meinen Rechtsanwalt in Verbindung setzen", bellte Frau Strubenhort in den Apparat.

„Das ist Ihr gutes Recht. Ich faxe es Ihnen durch und erwarte Sie dann in zehn Minuten vor Ihrer Wohnung. Auf Wiederhören!" Parme legte auf.

„Ich brauche zwei Mann von der Spurensicherung sofort auf dem Killesberg, Paracelsusstraße 102!", blaffte Parme ins Telefon.

„Du kommst mit Horst. Ich brauche dich. Die Meyer kann uns solange hier vertreten."

Beide verließen das Büro und gingen hinunter zu den Dienstfahrzeugen. Sie bestiegen eine schwarze E-Klasse.

„Fahr doch auf dem Weg bitte beim Hotel Marquardt vorbei. Die Nachtrezeption von letzter Woche hat jetzt Tagesschicht."

Horst steuerte den Wagen auf den hoteleigenen Parkplatz. Beide stiegen aus und gingen zur Rezeption. Parme zückte ihren Dienstausweis und zeigte ihn dem Portier.

„Hatten Sie letzte Woche am 3. Juni zwischen neun und elf Uhr abends Dienst?", fragte Parme.

„Ja, mein Dienst ging bis sechs Uhr morgens. Mit was kann ich Ihnen dienen", fragte der Portier.

„Laut unseren Ermittlungen übernachtete Herr Aberschah, wohnhaft in Berlin, in Ihrem Hotel. Können Sie sich noch erinnern wann er das Hotel in der Nacht verlassen hat und wann er zurückkam", fragte Parme und zeigte dem Portier ein Bild Aberschahs.

„Ja, der Herr hat bei uns übernachtet. Moment bitte. Er hatte das Zimmer 24. Wir können anhand der Codekarte, mit der die Zimmer zu öffnen und abzuschließen sind, genau erfassen, wann ein Gast sein Zimmer verlassen hat und wann er es wieder betreten hat. Sehen Sie hier, laut Dateneingaben öffnete er um 21:28 Uhr am 3. Juni seine Zimmertür und schloss es um 21:47 Uhr wieder zu. Zurück kam er um exakt 2:05 Uhr am Morgen des 4. Juni", sagte der Portier.

Parme und Horst verließen mit einem Computerausdruck in der Hand das Hotel.

„Jetzt haben wir es Schwarz auf Weiß, Aberschah hatte von 21:47 bis 23:00 Uhr Zeit, sich mit Azargoschasb zu treffen, das entspricht der Tatzeit", resümierte Parme hart.

„Und wenn er die Stunde für einen kleinen diskreten Trip in die Altstadt nutzte? Das musst du erst mal beweisen, dass er sich mit Azargoschasb getroffen hat und nicht sonstwie vergnügte", wandte Horst mit einem schiefen Lächeln auf Parme ein.

20

Parme und Horst fuhren in die Paracelsusstraße Nr. 102. Die Spurensicherung war gerade angekommen. Frau Strubenhort stand vor dem Haus in Begleitung eines Mannes. Parme und Horst stiegen aus dem Wagen und gingen auf Frau Strubenhort zu.

„Guten Tag, Frau Strubenhort."

„Das hier ist Assessor Müller. Er vertritt die Anwaltskanzlei Müller und Söhne. Er wird dabei sein", sagte die Strubenhort blasslippig.

„Gut, dann fangen wir an. Bitte nach Ihnen", sagte Parme höflich.

Im zweiten Stock angekommen, verteilten sich die drei Beamten und jeder untersuchte ein Zimmer. Parme blieb bei Frau Strubenhort und Assessor Müller stehen.

„Wonach suchen Sie eigentlich, wenn ich mal fragen darf?", wollte die Strubenhort endlich wissen.

Im Nebenzimmer fiel ein Gegenstand herunter. Sie zuckte zusammen und wurde, wie Parme befriedigt feststellte, nervös.

„Wir suchen eine Verbindung zwischen Ihnen und Herrn Azargoschasb. Ein Bild, eine Rechnung, einen Vertrag, einen Teppich, irgendwas", antwortete Parme.

„Finden Sie das nicht etwas übertrieben? Was soll ich mit einem solchen Individuum zu tun haben! Ein Hobbymaler, der, wie ich jetzt aus der Zeitung weiß, auf Kosten alter Damen lebte.

Ich bitte Sie!", fauchte die Strubenhort.

„Wo waren Sie am Abend des 3. Juni, Frau Strubenhort?", fragte Parme schnell.

„Na hier, zuhause", antwortete Frau Strubenhort.

„Gibt es Zeugen?", fragte Parme.

„Ich war allein. Herr Wunderlich hat seinen Rasen gesprengt, als ich nach Hause kam. Ich ging nach oben, in meine Wohnung, öffnete alle Fenster und ließ die laue Abendluft herein. Dann machte ich mir einen Drink und fiel in diesen Sessel hier. Ich döste etwas und wachte auf, als ich laute Stimmen wahrnahm", sagte Frau Strubenhort.

„Uhrzeit?", fragte Parme.

„Ich habe nicht auf die Uhr gesehen, ich glaub' so nach neun Uhr. Es dämmerte schon leicht. Vielleicht auch etwas später", antwortete Frau Strubenhort schon etwas gemäßigter.

„Woher kamen die lauten Stimmen?", fragte Parme.

„Weiß ich doch nicht. Ich habe die Fenster zugemacht", antwortete Frau Strubenhort wieder zickig.

„Gehen wir doch ins Zimmer nebenan, Frau Strubenhort", sagte Parme.

Frau Strubenhort betrat als erste das Zimmer. Sie blieb wie angewurzelt stehen.

„Das ist doch die Höhe, was tun sie da? Lassen sie sofort meine Unterwäsche liegen. Herr Assessor tun sie doch was", kreischte sie.

Der Assessor zuckte mit den Schultern.

Parme grinste leicht. Sollte das forsche Auftreten der Dame ruhig etwas bröckeln.

„Wenn Sie mit uns zusammenarbeiten, können wir Ihnen das ersparen", sagte Parme.

„Was wollen Sie denn? Fragen Sie schon!", antwortete Frau Strubenhort hastig.

„Die lauten Stimmen. Kamen die aus dem Haus?"

„Ja."

„Aus der Wohnung von Herrn Wunderlich?", fragte Parme.

Frau Strubenhort sah Parme an und nickte.

„War es ein Streitgespräch?"

„Ja."

„Konnten Sie hören um was es ging?"

„Nein."

„Wie viele Stimmen hörten Sie?"

„Bis ich das Fenster zugemacht hatte, nur die von Herrn Wunderlich."

„War jemand bei ihm?"

„Das weiß ich doch nicht. Ich spioniere der Nachbarschaft nicht hinterher", antwortete Frau Strubenhort mit wiedergefundenem Selbstbewusstsein und setzte nach: „Es hätte auch ein Telefonstreitgespräch sein können."

„Hörten Sie eine Haustür zuschlagen?"

Frau Strubenhort sah Parme überrascht an.

„Woher wissen Sie das? Es schlug tatsächlich die Haustüre. Da war es schon dunkel."

„Sahen Sie nach draußen?"

„Kurz, ich sah jemanden weggehen, warten Sie, da fällt mir etwas ein. Genau, die Person traf sich an der Ecke mit einem zweiten Mann", sagte Frau Strubenhort.

„Waren es zwei Männer oder eine Frau und ein Mann?"

„Der Kleidung nach, Männer, beide hatten Anzüge an. Einer war dunkel, der andere hell. Ich weiß das, weil, sehen Sie dort an der Ecke steht eine Laterne, die beleuchtete die beiden Männer", antwortete die Strubenhort sichtlich erregt, endlich etwas zur Beendigung ihrer misslichen Situation beigetragen zu haben.

„Würden Sie einen der Männer wiedererkennen?"

„Nein, Gesichter konnte ich keine erkennen. Es war zu weit

weg."

„Welche Farbe hatte der Anzug des wartenden Mannes?"

„Er war hell."

„Ist Ihnen sonst noch etwas aufgefallen?"

„Nein, ich bin kurz darauf ins Bett gegangen und schaltete den Fernseher ein."

„Wie spät war es da?"

„Halb elf."

Die Beamten der Spurensicherung und Horst traten zu Parme ins Zimmer. Horst neigte sich an Parmes Ohr.

„Nichts gefunden."

„Danke Jungs, geht doch schon mal vor, ich komme gleich nach", sagte Parme zur Spurensicherung und wandte sich zu Frau Strubenhort und Herrn Assessor Müller.

„Das wäre doch einfacher gewesen, wenn Sie mir gleich alles erzählt hätten Frau Strubenhort. Auf Wiedersehen", verabschiedete sich Parme mit Handschlag von Assessor Müller.

Frau Strubenhort sah an Parme vorbei. Ihr Ausdruck war grimmig und erleichtert zugleich.

Parme hatte ihr auch die Hand gereicht, ohne Erfolg.

Parme ging nach unten und verließ das Haus. Auf der Straße bedankte sie sich bei den Beamten der Spurensicherung.

„Horst wir geh'n nochmal rein. Ciao ihr zwei", sagte Parme.

Sie gingen wieder ins Haus und klingelten an der unteren Wohnungstür. Sie mussten zweimal klingeln, bis sie von innen Geräusche hörten.

„Einen Moment bitte, ich telefoniere!", rief eine Stimme.

Kurz darauf wurde die Wohnungstür geöffnet. Herr Wunderlich sah Parme und Horst kämpferisch an.

„Dass Sie Sich noch einmal her trauen. Kommen Sie um Sich zu entschuldigen? Haben Sie meinen Teppich dabei?", fragte Wunderlich wie selbstverständlich.

Parme trat überrascht einen Schritt vor.

„Sie stehen immer noch unter Mordverdacht, Herr Wunderlich. Wir haben mit Ihnen zu reden", antwortete Parme etwas lauter als sonst.

Wunderlich stellte sich ihnen entgegen.

„Sie kommen mir nicht ohne richterlichen Beschluss in die Wohnung. Wenn die Polizei mit mir zu reden hat, halten sie den Dienstweg ein und laden mich aufs Kommissariat. Guten Tag auch", sagte Wunderlich und machte geräuschvoll die Türe vor ihren Nasen zu.

Parme und Horst sahen sich an. Das hatten sie lange nicht mehr erlebt. Sie hatten nicht das erste Mal mit Wohlhabenden zu tun, aber die Arroganz, die in diesem Hause herrschte, war doch einmalig.

Parme nahm von Horst ein amtliches Formular entgegen. Horst drehte sich um und beugte sich nach vorne. Parme füllte die Vorladung auf seinem Rücken aus. Danach musste sich Herr Wunderlich heute um vier Uhr nachmittags auf der Polizeidienststelle Nordbahnhof, bei Kommissarin Parme zur Vernehmung im Mordfall Azargoschasb einfinden. Sie schob es unter seine Tür hindurch und klingelte nochmals.

„Herr Wunderlich, sehen Sie die Vorladung? Die gilt hiermit als amtlich zugestellt. Bis dann auch", sagte Parme und verließ zusammen mit Horst das Haus.

Beide stiegen in das Auto und fuhren zur Polizeidienststelle. Parme ging sofort zum Chef.

„Es ist soweit. Eine Nachbarin hat einen Streit zur fraglichen Zeit in Herrn Wunderlichs Haus gehört. Daraufhin verließ ein Mann das Haus und traf sich mit einem zweiten Mann an der Straßenecke. Ich bin sicher das war Aberschah, der dort auf Azargoschasb wartete. Chef, er muss sofort her. Wunderlich habe ich heute um 16 Uhr zum Verhör bestellt. Ich werde beide Männer miteinander konfrontieren", sagte Parme fest.

„Ich habe in Berlin schon Bescheid gegeben. Du kannst anrufen, dann kommen sie mit der nächste Maschine", sagte der Chef.

„Danke", sagte Parme.

Sie ging ein Stockwerk tiefer in ihr Büro. Von dort aus telefonierte sie mit Berlin. Aberschah war nicht in Untersuchungshaft aber unter Arrest. Ein Beamter würde mit ihm die 15-Uhr-Maschine besteigen. Sie wären dann gegen 17 Uhr auf der Polizeidienststelle. Parme hoffte, der Beamte würde Aberschah während des Fluges keine Handschellen anlegen.

Wäre Herr Wunderlich nicht so stur, hätte sie ihn auch noch angerufen und ihn auf fünf bestellt.

So musste er halt eine Stunde warten. Parme zuckte mit den Schultern und holte Horst zum Mittagessen ab. Sie gingen in die Kantine. Heute gab es Semmelknödel mit Champignons. Das war ein leichtes und gutes Essen. Genau das richtige, wie Parme fand.

Parme schlug die Zeit tot. Um vier Uhr wurde ihr von unten gemeldet, dass ein Herr Wunderlich mit einer Anweisung, sich bei ihr zu melden, da wäre. Sein Anwalt würde ihn begleiten. Sie ließ sich entschuldigen und beide in den Warteraum bringen.

Parme tigerte danach oft zu ihrem Fenster und schaute hinaus, ob die Delegation aus Berlin im Anmarsch war. Endlich, kurz vor fünf Uhr klopfte es an ihrer Bürotür. Markus trat herein.

„Hey, dass ist schön, dass wir uns so schnell wiedersehen. Hast du Aberschah begleitet?", fragte Parme.

„Ja."

„Hattet ihr einen guten Flug?"

„Ja, es war ein ganz interessanter Flug. Ich erfuhr viel über Teppichherstellung und die regionalen Unterschiede in den Mustern. Bin gespannt, was du mit uns vorhast. Ich darf doch dabei bleiben, oder?", fragte Markus.

„Klar, sehen wir es als Bundesländer übergreifenden Austausch unter Kollegen", sagte Parme lachend.

Sie griff zum Telefon und bat darum Herrn Wunderlich nach oben in ihr Büro zu führen. Dann trat sie auf den Flur und bat Aberschah und Horst in ihr Büro. Aberschah war ohne Handschellen.

„Hatten Sie einen guten Flug?", fragte sie betont beschäftigt, um ihre Verlegenheit zu verbergen.

„Ja, mein Flugbegleiter und ich, wir kannten uns bereits. Das ich so schnell wieder nach Stuttgart komme, hätte ich allerdings nicht erwartet", antwortete Herr Aberschah.

„Es haben sich neue Fakten ergeben. Doch warten wir bis Herr Wunderlich hier ist", sagte Parme.

Es klopfte ein zweites Mal und herein traten Herr Wunderlich und Rechtsanwalt Zimmer, beide mit leicht säuerlichem Gesichtsausdruck.

„Darf ich die Herren bekannt machen. Herr Wunderlich aus Stuttgart, in seiner Wohnung lag der Kaschan, dessen Besitzer laut Eintragung im Zertifikat ein gewisser Saleh Nazar, ein Teppichgroßhändler aus Berlin ist.

Und hier Herr Aberschah aus Berlin, bei ihm wurde das dazugehörige Zertifikat des Kaschan gefunden.

Rechtsanwalt Zimmer, der Herrn Wunderlich vertritt und ein Beamter aus Berlin, der Herrn Aberschah hierher begleitete.

Und mein Kollege aus Stuttgart, der mit mir gemeinsam den Mordfall an Herrn Azargoschasb bearbeitet.

Der Tote, Herr Azargoschasb ist ihnen beiden bekannt.

Mich kennen sie ja schon", eröffnete Parme das Verhör.

Sie nahm zur Kenntnis, dass sich die beiden Verdächtigen nicht ansahen. Herr Wunderlich beobachtete Markus und Herr Aberschah sah ihr aufmerksam in die Augen.

„Herr Aberschah, welchen Anzug trugen Sie abends am 3. Juni

hier in Stuttgart?", fragte Parme.

„Zum Essen oder zum Varieté?", fragte Aberschah irritiert zurück.

„Beides."

„Zum Essen einen grünen Armani-Anzug und zum Varieté einen leichten hellen Leinenanzug. Genügt das?"

„Herr Wunderlich, eine Zeugin sagte aus, dass Herr Azargoschasb am 3. Juni mit einem Bild unterm Arm auf dem Weg zu Ihnen war. Kam er bei Ihnen an?", fragte Parme.

Herr Wunderlich verzog die Mundwinkel.

„Bitte antworten Sie auf meine Frage. Das ist sehr wichtig."

„Das hatten wir doch schon mal", antwortete Wunderlich patzig.

„Das hier ist eine offizielle Vernehmung. Antworten Sie mit ja oder nein."

„Ja."

„Das bei Ihnen gefundene Bild ist erst ein paar Wochen alt. Wie kommt es in Ihre Wohnung?", drängte Parme.

„Ich habe es ihm für 200 Euro abgekauft. Das ist doch schon bekannt."

„Was wollte Herr Azargoschasb noch von Ihnen?", hakte Parme nach.

„Was hätte er noch wollen können?"

„Den Kaschan zurückhaben."

„Wieso, was hatte er mit so einem wertvollen Stück zu tun?"

„Sie wissen über seinen Wert Bescheid?"

„Sie haben mich doch darauf gestoßen."

„Das stimmt so nicht."

„In Ihrer Asservatenkammer", betonte Herr Wunderlich.

Wieso hat Azargoschasb Ihnen den Teppich zur Verwahrung gegeben?", fragte Parme unbeirrt.

„Was?"

„Es wird wohl wegen der Steuer gewesen sein", antwortete Parme anstelle Herrn Wunderlichs.

„Herr Wunderlich, es gibt einen Zeugen, der beweisen kann, dass sich der Teppich in Azargoschasb Besitz befand. Sie sehen ihn hier. Herr Aberschah hat den Teppich im Auftrag seines Onkels an Herrn Azargoschasb verkauft. Und wir wissen, dass die Steuerfahndung kurz darauf Azargoschasb im Nacken saß. Da ist es naheliegend, dass er das wertvollste Stück vor dem Finanzamt verstecken wollte. Er hat es Ihnen gegeben im Vertrauen auf Ihren Anstand. Als Reserve, eine Absicherung für schwere Zeiten."

Herr Wunderlich schwieg.

„Jetzt brauchte er Geld für seine Tochter. Und da kommt er zu Ihnen und forderte die Herausgabe des Teppichs. Das Gespräch wurde laut, sie stritten sich. Auch dafür haben wir Zeugen. Das Fenster war offen. Ihr Pech."

Das Gesicht von Wunderlich verzerrte sich, wie vor ein paar Tagen.

Parme sah ihn an.

„Man wird sich ja wohl noch streiten dürfen."

„Herr Aberschah, warum warteten sie gegen zehn Uhr abends an der Straßenecke auf dem Killesberg auf Herrn Azargoschasb?", fragte Parme.

Aberschah sah Parme bewundernd an.

„Respekt Frau Kommissarin, Sie haben schon wieder gut ermittelt. Azargoschasb wandte sich an mich. Er wollte den Teppich zu Geld machen. Warum habe ich ihn nicht gefragt. Wir verabredeten uns. Da ich geschäftlich in Stuttgart zu tun hatte, schlug ich den 3. Juni abends vor."

„Und weiter", drängte Parme.

„Nun, er wollte mit dem, ich sage mal Aufbewahrer des Teppichs sprechen und ihn um die Herausgabe des Teppichs bitten."

„Azargoschasb hatte das Zertifikat, die ganze Zeit bei sich", sagte Parme ergänzend.

„Hat er Ihnen das Zertifikat gezeigt, Herr Wunderlich?"

Rechtsanwalt Zimmer wollte das Wort ergreifen aber Wunderlich fuhr ihm harsch in die Parade. „Ach seien Sie doch still, bisher waren Sie mir noch keine Hilfe", herrschte er seinen Rechtsanwalt an.

„Hatte Azargoschasb das Zertifikat bei sich. Zeigte er es Ihnen?", fragte Parme nochmals.

Gezeigt ist gar kein Ausdruck, damit herum gewedelt hat er. Er hat mir ein lächerliches Angebot gemacht. Ich würde einen Gabeh als Dank bekommen. Ich lachte ihn aus. Dann hat er mir gedroht, er würde zur Polizei gehen, können Sie sich das vorstellen", antwortete Wunderlich prustend.

„Was haben Sie gesagt?", fragte Parme trocken.

„Ich hab ihm gesagt er solle verschwinden. Die Renovierung der Wohnung war teuer genug. Der mit seinem lächerlichen Anzug, kommt daher und will den Teppich haben. Wo ich ihm doch schon so viele seiner schrecklichen Bilder abgekauft hatte. Sollte der Teppich im Männerwohnheim am Nordbahnhof verlegt werden, oder wo so einer schon wohnt? Vermutlich hat er den Teppich sowieso gestohlen. Wie sonst sollte er zu dem Teppich gekommen sein? Von dem da gekauft, das ist doch lachhaft, die Ausländer stecken doch alle unter einer Decke."

Aberschah rührte sich auf seinem Stuhl und war kurz davor aufzuspringen. Markus legte seinen Arm über dessen Brust und sah ihn an. Aberschah blieb sitzen.

„Herr Aberschah, wie kommt das Zertifikat in Ihre Hände. Sie sagen selbst, es sei die ganze Zeit in Azargoschasb Besitz gewesen. Wir wissen alle, der Kaschan ist ohne das Zertifikat nichts wert. Haben Sie ihn niedergeschlagen und es ihm gestohlen?", fragte

Parme hart.

„Er hat es mir nach dem Treffen mit diesem Herrn da gegeben. Azargoschasb wollte nichts mit der Polizei zu tun haben. Ich sollte es im Namen meines Onkels, der noch als Eigentümer eingetragen ist, auf dem Rechtswege erreichen. Wir waren für den nächsten Tag auf dem Flughafen verabredet. Azargoschasb hätte dort von mir sein Geld bekommen. Ich habe ihn nicht niedergeschlagen", antwortete Aberschah tonlos.

Parme stand aus ihrem Sessel auf und baute sich drohend vor Wunderlich auf.

„Sie folgten ihm. Nachdem er Ihre Wohnung verlassen hatte, gingen Sie ihm hinterher. Sie wussten nicht, dass er sich an der Ecke mit Herrn Aberschah verabredet hatte. Sie verließen kurz nach ihm das Haus. Sie brauchten das Zertifikat. Dann wäre der Kaschan endlich in ihrem Besitz. Sie gingen die Treppe hinunter. Ein Rasen wurde gerade gesprengt."

Wunderlich sah Parme überrascht an.

„Woher wissen Sie das?"

„Auf dem Gebiet hinter der Türlenstraße waren sie beide allein. Sie nahmen einen Stein und schlugen ihm von hinten auf den Kopf. Azargoschasb fiel hin. Sie beugten sich über ihn und suchten das Zertifikat. Nahmen Sie auch noch die 200 Euro wieder an sich? War er schon tot? Dann ließen Sie ihn im Dreck liegen.

Herr Wunderlich, Sie sind festgenommen", sagte Parme.

Ein Beamter kam und ging auf Wunderlich zu.

„Der Teppich gehörte mir. Ich wollte mir nur nehmen, was mir zustand, ich habe ihn nicht bestohlen", waren Wunderlichs letzte Worte bevor er mit Handschellen von einem Polizeibeamten abgeführt wurde.

Danach war es still im Raum.

„Was wird jetzt mit mir?", wagte Aberschah als erster das Wort zu ergreifen.

Parme sah Markus an und sagte: „Sie können mit dem Beamten aus Berlin auf Staatskosten zurückfliegen. Oder, wie auch immer Sie wollen, auf eigene Kosten. Sie sind frei Herr Aberschah."

„Das war sehr beeindruckend. Schade, dass wir uns nicht auf geschäftlicher Ebene kennen gelernt haben, Frau Kommissarin. Dann hätten wir uns öfter treffen können. Sie wissen ja, für gute Kundinnen ist mir kein Weg zu weit", antwortete Aberschah mit seinem charmanten Lächeln und sah Parme in die Augen.

Parme hielt dem Blick stand. Markus grinste und Horst blickte überrascht.

„Parme, ich glaub' du hast mir nicht alles von Berlin erzählt, so geht des fei ned", schwäbelte Horst neckend.

„Nichts für Ungut, ich danke euch allen und bitte um Ihr Verständnis für die Maßnahmen, Herr Aberschah", sagte Parme lächelnd.

Aberschah nickte.

„Ich kannte meinen Verwandten nicht so gut. Mein Vorwand mit der Abschiebung, um die Teppiche los zu werden, war vielleicht etwas unfair. Er verhielt sich einwandfrei, wenn auch etwas naiv. Er hat mir alle Teppiche abgenommen. Ich habe ein wenig ein schlechtes Gewissen, aber dass Sie seinen Mörder gefunden haben, ist mir eine Genugtuung", sagte Aberschah und holte Luft.

„Für Ihr Büro hätte ich ein ganz besonders weiches Stück, Frau Kommissarin. Wollen Sie es haben? Als Erinnerung, zu einem fairen Preis", fragte Aberschah mit einem Grinsen.

„Raus hier, alle!", brüllte Parme.

Rechtsanwalt Zimmer erhob sich still aus seinem Stuhl. Alle hatten ihn vergessen.

21

Es war ein regnerischer Morgen. Die Beerdigung auf dem Pragfriedhof lief in aller Stille ab. Wenige Menschen begleiteten den Sarg Azargoschabsbs aus der Kapelle zum Grab. Seine geschiedene Ehefrau Frau Brackmeier, beide Töchter, das schwule Ehepaar, einige alte Frauen, von denen ihn wohl nicht alle gut kannten, Parme und Horst.

Frau Brackmaier warf einen kleinen Strauß Christrosen in das Grab. Leise murmelte sie: „Du warst trotz allem ein guter Vater meiner Kinder."

Nach der Beerdigung trat die größere Tochter an Parme und Horst heran.

„Ein entfernter Verwandter aus Berlin hat angerufen und gesagt, er habe von unserem Unglück gehört. Er will mir beim Aufbau meines Tattoo-Studios helfen. Ist Papa nicht wunderbar?", sagte Ariella Rimi stolz mit Tränen in den Augen.

Im Büro zurück schaute Parme verächtlich auf einen Berg neue Akten.

„Euch mache ich heute fertig. Morgen ist Wochenende und am Montag will ich von euch nichts mehr sehen. Der Rest fliegt in den Papierkorb", kündigte Parme laut an.

Horst, der im Türrahmen lehnte, grinste und schloss ihre Tür von außen.

Als Parme zuhause ankam, war ihr Ehemann schon da.

„Gratuliere, du hast es mal wieder geschafft, meine Heldin", sagte er.

„Schatz, ich habe da in Berlin etwas gesehen. Da kam mir so eine Idee. Was hältst du von einem Teppich fürs Arbeitszimmer? Immer nur das nackte Parkett ist mir auf die Dauer zu kalt."

„An was denkst du?"

„Och, ich bin da auf verschiedenem gesessen. Sehr weiche und strapazierfähige Perserteppiche. Die Farbe darfst du bestimmen. Der Preis wäre verhältnismäßig günstig, das hat sich so ergeben", lächelte Parme.

„O.k."

Parme und ihr Mann nahmen sich in die Arme und sanken auf die Couch im Arbeitszimmer.